HOMER

Die Abenteuer des Odysseus

Deutsche Bearbeitung
von Julia Bürker

Schneider-Buch

Inhalt

Der kluge junge Mann aus Ithaka und sein hölzernes Pferd

Odysseus war der einzige Sohn des griechischen Königs Laertes und seiner Frau Antiklea. Sein Vater herrschte über Ithaka, eine schöne gebirgige Insel im Ionischen Meer, ein paar benachbarte Inseln und einen Streifen des gegenüberliegenden Festlands. Als Junge streifte Odysseus viel am Meer und in den Bergen herum; er ging auch gern mit auf die Jagd. Bei einer Jagd auf Wildschweine griff ihn ein wütender Eber an und brachte ihm mit seinem Hauer eine tiefe Wunde am Bein bei. Das Blut troff, und als die Wunde verheilt war, blieb eine tiefe Narbe zurück.

Laertes schickte seinen noch jungen Sohn sogar einmal ins Ausland: Viehdiebe aus Messenien hatten in Ithaka dreihundert Schafe samt den Hirten geraubt, und Odysseus sollte sie aufstöbern und zurückbringen. Wieweit ihm das geglückt ist, weiß man nicht, aber der Vater traute dem Sohn immerhin so viel Mut und Schlauheit zu, mit solchen Räubern fertig zu werden. Bald danach zog sich Laertes mit seiner Frau auf ein Landgut zurück und übergab seinem Sohn die Regierungsgewalt; so wurde der junge Odysseus König von Ithaka.

Damals lebte in Sparta die schöne Prinzessin Helena. Viele Fürsten warben um sie, aber sie wollte sich nicht so früh binden und hielt ihre Bewerber hin. Ihr Vater Tyndareos sorgte sich, weil sie die Fürsten so lange auf ihre Entscheidung warten ließ; er fürchtete auch, daß die Abgewiesenen sich später einmal aus Neid und Eifersucht gegen den Mann, für den sie sich entschieden hatte, stellen könnten.

Odysseus war damals schon überall als ein kluger junger Mann bekannt, der in schwierigen Fragen immer einen Ausweg zu finden wußte. Darum besprach der Vater Helenas einmal seine Sorgen mit ihm.

„Weißt du mir vielleicht einen Rat?" fragte Tyndareos. „Ich weiß wirklich nicht, was ich da machen soll."

Odysseus überlegte eine Weile und sagte dann: „Lade alle Fürsten, die sich um deine Tochter bewerben, zu dir ein; keiner darf fehlen! Und dann laß sie alle einen heiligen Eid schwören, daß sie dem Mann, der Helena heiraten wird, in allen künftigen Gefahren zu Hilfe eilen werden. Da jeder ihr Mann werden möchte, wird jeder den Eid leisten. Keiner von ihnen kann sich dann, falls wirklich Schlimmes geschieht, der Einlösung des Eides entziehen; es ist also unmöglich für die Abgewiesenen, sich an dem Auserwählten zu rächen."

So geschah es. Und auch Odysseus leistete diesen Eid, weil er vor den Leuten auch als ein Bewerber um

Helena galt; in Wahrheit aber liebte er ihre Kusine Penelope, und auf seine Bitte hin unterstützte der für den klugen Rat dankbare Tyndareos seine Werbung bei ihrem Vater.

Helena entschied sich schließlich für den reichsten und mächtigsten Fürsten, den König Menelaos von Sparta.

Odysseus heiratete Penelope; sie bekamen einen Sohn, den sie Telemach nannten, und lebten sehr glücklich miteinander auf Ithaka.

Aber leider nicht lange.

Denn in den Palast des Menelaos kam bald ein junger und schöner Prinz auf Besuch, Paris, ein Sohn des Priamos, des Königs von Troja. Paris verliebte sich sofort in Helena, und als Menelaos einmal ein paar Tage verreist war, entführte er die junge Frau und mit ihr viele Truhen, die mit kostbaren Schätzen gefüllt waren, auf einem Schiff nach Troja.

Menelaos fand bei seiner Heimkehr weder seine Frau noch den freundlich aufgenommenen Gast und entdeckte rasch den Raub seiner Schatztruhen. Er beriet sich mit seinem Bruder, dem König Agamemnon von Mykene. Dann schickten die Brüder Botschaften an alle Männer, die damals um Helena geworben hatten, und erinnerten sie an ihren heiligen Schwur; jetzt sei es an der Zeit, den Eid einzulösen, denn Paris, ein Prinz von Troja, habe dem Menelaos die Frau und viele Schätze geraubt. Die griechischen Fürsten müßten nun alle getreu ihrem Eid nach Troja segeln, um dem frechen Räuber die schöne Helena und das Gold von Sparta wieder abzujagen.

Auch Odysseus hatte damals jenen Schwur geleistet. Aber er lebte mit Penelope und dem kleinen Telemach so glücklich auf der schönen Insel Ithaka, daß er gar keine Lust hatte, seine Heimat und seine Familie zu verlassen und weit fort über das Meer zu segeln, um in der Fremde für eine Sache zu kämpfen, die ihn gar nichts anging. Er wollte nicht nach Troja, er wollte in Ithaka bleiben.

Als die Abgesandten des Agamemnon und des Menelaos auf die Insel kamen, um Odysseus und seine Schiffe zur Kriegsfahrt abzuholen, fanden sie in seinem Haus nur Penelope vor.

„Odysseus ist draußen auf den Feldern", sagte sie. „Sucht ihn dort!"

Sie suchten ihn lange vergeblich, und als sie ihn schließlich entdeckten, trauten sie ihren Augen nicht.

Odysseus hatte vor einen Pflug ein Pferd und einen Ochsen gespannt. Natürlich vertrugen sich die beiden ungleichen Zugtiere nicht, sondern bockten und scheuten und zerrten den Pflug hierhin und dorthin. Über den Kopf hatte Odysseus eine Narrenkappe gestülpt und führte sich auch auf wie ein Narr. Er sprang herum und stieß unverständliche Laute aus. Er warf weit die Arme um sich, als streue er mit den Händen Saatgut in die Erde; aber was er da durch die

Luft schleuderte, war weißes Salz und immer wieder Salz.

„Er hat den Verstand verloren!" sagten die Abgesandten. „Er ist verrückt geworden! Einen Verrückten können wir aber nicht brauchen im Krieg!"

Sie wollten schon gehen, da sah einer von ihnen den kleinen Telemach am Ackerrain spielen, und ihm kam ein Verdacht. Er nahm das Kind auf den Arm und ging zu dem Acker, auf dem Odysseus seinen Pflug trieb; er überholte Odysseus ein paar Schritte, bückte sich und legte das Kind genau dahin, wo gleich der Pflug die Erde aufreißen würde. Wenn Odysseus wirklich verrückt war, würde er seinen Sohn gar nicht bemerken,

und Telemach würde von der Pflugschar zerrissen werden.

Da schrie Odysseus auf und rannte hin zu dem Kind und nahm es in die Arme und küßte es, und dann sah er die Abgesandten an aus klaren Augen und schob die Narrenkappe vom Kopf. Er war durchaus nicht verrückt. Er hatte nur versucht, die Abgesandten zu täuschen. Aber das war ihm mißglückt. Er mußte teilnehmen am Krieg um Troja.

Mit seinen zwölf Schiffen schloß er sich der Kriegsflotte der Griechen an. Immer wieder wurde an verschiedenen Inseln haltgemacht, um weitere Teilnehmer an der Kriegsfahrt abzuholen.

So ging Odysseus auch auf der Insel Skyros an Land. Dort sollte sich dem Vernehmen nach Achilleus aufhalten, ein noch junger Prinz, von dem aber schon alle Welt sprach. Denn er beherrschte alle Waffen besser als jeder andere, er siegte in den Wettkämpfen, er galt als überaus mutig. Er war der Sohn des Königs Peleus und der Göttin Thetis. Seine Mutter wußte, daß er sterben würde, wenn er in den Krieg um Troja zöge. Sie wußte auch, daß die Griechen alles dafür geben würden, ihren Sohn als Mitkämpfer zu gewinnen. Darum hatte sie den König von Skyros angefleht, ihren Sohn Mädchenkleider anziehen zu lassen und ihn unter den Königstöchtern zu verstecken.

Den Griechen war aber zu Ohren gekommen, daß Achilleus auf Skyros versteckt wurde. Da er viel zu jung war, um ihn zum Kriegsdienst einzuziehen, konnten Gewalt und Befehle nichts nützen, nur Klugheit und List. Darum wurde Odysseus beauftragt.

Er streifte durch die Gärten und durch das Innere des Palastes. Da sah er viele junge Mädchen beim Spiel und betrachtete sie eine Weile aufmerksam. Dann befahl er einem Diener, einen großen Tisch in der Nähe der Mädchen aufzustellen, und er ließ viel funkelnden Schmuck auf den Tisch legen, Ketten und Ringe und Armbänder und Spangen aus Gold und Silber, mit Edelsteinen besetzt, die in vielen Farben sprühten. Neben den Tisch aber lehnte er einen schönen Speer und einen Schild.

Dann ließ er durch den Diener in einiger Entfernung eine Kriegstrompete blasen – jeder Mann, der sie hörte, mußte meinen, ein feindlicher Angriff auf den Palast stehe bevor und müsse abgewehrt werden.

Die Mädchen fragten sich nicht nach dem Grund der hell schmetternden Fanfare. Sie rannten zum Tisch und bewunderten und bestaunten den funkelnden Schmuck. Eins der Mädchen aber riß sich die Kleider vom Leib und griff sofort zu Speer und Schild, um den vermeintlichen Feind abzuwehren: Achilleus.

So hatten die Griechen durch die List des Odysseus den jungen Mann entdeckt und für die Kriegsfahrt gewonnen. Er sollte der berühmteste Held des Trojanischen Krieges werden.

Nach langer Fahrt ging die griechische Flotte dann

endlich an der Küste Trojas vor Anker. Die Fürsten besprachen miteinander den geplanten Angriff. Odysseus aber meinte, man solle doch zunächst einmal versuchen, sich friedlich zu einigen, damit nicht unnütz Blut vergossen würde.

„Aber wie denkst du dir das?" fragten die anderen. „Meinst du, Paris wird Helena und die Schatztruhen einfach wieder herausrücken, wenn wir ihn bitten?"

„Paris ist nichts als ein junger Windhund", sagte Odysseus, „und Priamos hat bessere Söhne. Außerdem sieht er unsere Schiffe, und er kennt unsere Macht. Ihm kann es nur recht sein, wenn er uns Helena und das spartanische Gold zurückgeben kann, ohne daß ein Trojaner sterben muß. Der König hat sich über den Raubzug seines Sohnes bestimmt nicht gefreut."

„Aber was sollen wir tun?" fragten die Fürsten. „Wie denkst du dir das?"

„Ich will mit Menelaos nach Troja gehen und mit Priamos reden", erwiderte Odysseus.

Das tat er dann auch. Und Priamos hätte nur zu gern das Geraubte zurückgegeben. Aber ein König regiert selten allein. Priamos hatte Söhne, er hatte Berater, die unbedingt mit den Griechen Krieg führen wollten. Sie wollten Waffen klirren hören und griechische Soldaten fallen sehen, sie wollten reiche Kriegsbeute machen, sie versprachen sich etwas vom Krieg. Sie zweifelten nicht im geringsten am Sieg der Trojaner über die Griechen. Der Wunsch des Königs nach einer friedlichen Einigung wurde von den Kriegslustigen vereitelt.

Odysseus und Menelaos kehrten zu den Schiffen zurück. Die Feindseligkeiten begannen, die ersten Kämpfe zwischen den Trojanern und den Griechen. Der Krieg um Troja, in dem auf beiden Seiten viele tapfere Männer starben, sollte zehn lange Jahre dauern.

Odysseus war ein tapferer Kämpfer – vor allem aber war er klug. Er dachte nach, bevor er handelte. Und seine Klugheit war es, die den langen Krieg, in dem einmal die Trojaner, dann wieder die Griechen siegten oder unterlagen, schließlich zugunsten der Griechen entschied.

Er besprach natürlich zunächst seinen Plan mit den anderen griechischen Fürsten. Ein paar meinten, das sei viel zu riskant, das müsse ja schiefgehen. Aber sie wurden überstimmt, und Odysseus konnte seinen Plan in die Tat umsetzen.

Er kannte seine Männer gut. So wußte er auch, daß einer von ihnen, er hieß Epeios, schöne Figuren aus Holz schnitzen konnte. Mit ihm besprach er sich heimlich, und dann flüsterte Epeios mit ein paar seiner Kameraden. Die andern Männer sahen in den Tagen danach Epeios mit seinen Gefährten früh aus dem Lager verschwinden und erst spät am Abend heimkehren. Und jedesmal zogen sie Baumstämme hinter sich her. Bald danach kreischten tagelang die Sägen, die aus den Stämmen Balken und Bretter zuschnitten.

Schließlich wurde ein Gerüst errichtet, und innerhalb des Gerüstes wuchs allmählich etwas empor, was aussah wie ein Schiff auf Stelzen. Dann aber wölbte sich über dem, was wie ein Schiffsbauch ausgesehen hatte, ein mächtiger Rücken, aus dem Rücken stieg ein Hals, und aus dem Hals erhob sich eines Morgens ein stolzes Haupt: ein Pferd, ein riesiges Pferd stand in der Morgensonne und wurde nun auch noch mit leuchtenden Farben bemalt.

Aber den Griechen blieb nicht viel Zeit zur Bewunderung, denn die Feldherren riefen die Männer zusammen und gaben Befehle aus, die das ganze Heer erstaunten.

„Räumt eure Lager! – Packt eure Sachen und eure Waffen zusammen!" – „Zündet die Lager an! Die Trojaner dürfen nichts Brauchbares finden!" – „Ab mit euch zu den Schiffen! Wir verlassen Troja!"

Als nun überall die Feuer brannten und alle Männer an Bord der Schiffe gegangen waren, segelte die griechische Flotte aufs Meer hinaus.

Zurück blieben die tapfersten Helden der Griechen, mit ihnen natürlich Odysseus. Geschützt durch den Rauch der brennenden Feuer vor neugierigen Spähern aus der Burg von Troja stiegen die Männer auf einer Leiter hinauf zum Bauch des Pferdes, wo sich eine Geheimtür zum Hohlraum im Inneren befand. Die Männer zogen die Leiter hinein und ließen sich drinnen nieder.

Da stand nun das große hölzerne Pferd im treibenden Rauch der brennenden Lager auf dem vom griechischen Heer verlassenen Schlachtfeld und starrte hinüber nach Troja.

Die Trojaner hatten von den Mauern der Stadt aus natürlich gespannt beobachtet, wie die Griechen ihre Lager in Brand setzten und zu den Schiffen hasteten und wie die gesamte feindliche Flotte die Segel hißte und zwischen Himmel und Meer allmählich verschwand.

Sie trauten ihren Augen nicht. Plötzlich hatte der Feind den Kampf aufgegeben! Es war ihm nicht gelungen, Helena und das spartanische Gold zurückzuholen – und jetzt war er einfach geflohen. Nichts war von den Griechen vor Troja zurückgeblieben als das sonderbare Standbild, an dem sie so lange gearbeitet hatten: das hölzerne Pferd.

Da hielt es die Trojaner nicht mehr in der Stadt. Zehn Jahre lang waren sie nur aus den Mauern gekommen, um zu kämpfen; jetzt rannten sie auf das Schlachtfeld und zeigten einander die Stellen, wo dieser trojanische, jener griechische Held gekämpft hatte und gefallen war und wo sie selbst gekämpft, aber Glück gehabt hatten. Schließlich aber blieben alle vor dem hölzernen Pferd stehen und schauten zu ihm hinauf.

Auch die trojanischen Fürsten kamen von der Burg herunter, um das Pferd aus der Nähe zu betrachten. Einer entdeckte, daß mit großen Buchstaben etwas auf dem Pferdebauch geschrieben stand, und er las es laut vor: „Die Griechen weihen der Göttin Athene dieses Dankopfer für ihre glückliche Heimfahrt."

Was aber sollten die Trojaner jetzt anfangen mit diesem Ungetüm aus Holz, das da vor ihren Mauern stand und sie jeden Tag an die Griechen erinnern würde? Alle redeten durcheinander, jeder hatte einen anderen Vorschlag.

„Holt Äxte und Beile und schlagt das Ding kaputt!" – „Zieht es auf den höchsten Felsen und stürzt es in den Abgrund!" – „Einer Göttin ist es geweiht, weihen wir es noch einmal zum Besten von Troja!"

Wie sie da immer noch herumstritten, kam Kassandra, eine Tochter des Königs Priamos, die eine Seherin, eine Prophetin, war, ging um das Pferd herum, betrachtete es argwöhnisch und forderte: „Zerstört es sofort hier an Ort und Stelle! In seinem Bauch halten sich Spione der Griechen versteckt!"

Der Priester Laokoon dachte wie Kassandra. „Macht euch nichts vor, Trojaner! Den Griechen ist nicht zu trauen, sie täuschen euch nur, sie sind bestimmt nicht geflohen. In diesem Pferd sitzen die tapfersten griechischen Helden!" Und er nahm eine Lanze und schleuderte sie gegen das Pferd, so daß sie zitternd tief im Holz steckenblieb.

Aber da schleppten ein paar Trojaner einen jungen Mann in zerfetzten Kleidern herbei; seine Hände waren gefesselt. „Der hat sich im Schilf bei den Sümpfen versteckt!" sagten sie. „Es ist ein Grieche!"

Das kam den Umstehenden eben recht: ein wehrloser Grieche in ihrer Gewalt, an dem sie Rache nehmen konnten. Aber einer sagte: „Laßt ihn und überlegt doch mal! Warum ist er gefesselt, warum hat er keine Waffe? Wie heißt du, Kerl? Was ist mit dir los?"

„Ich heiße Sinon", sagte der Grieche. „Sie haben mich umbringen wollen. Ich weiß etwas Schlimmes, das Odysseus getan hat, und habe es angezeigt. Das hat mir der Hund nicht verziehen. Und wie der Priester gesagt hat, daß für die glückliche Heimfahrt der Griechen ein Menschenopfer gebracht werden müsse, hat Odysseus mich dazu verurteilt, geopfert zu werden. Sie haben mich schon zum Opferstein führen wollen, da ist mir die Flucht gelungen. Und wenn ihr mich jetzt umbringen wollt, tut ihr nur euren Feinden einen Gefallen! Die Götter haben mich beschützt – wollt ihr mich töten? Ich lebe so gern wie ihr alle, und ich will gern für euch arbeiten. Laßt mich am Leben!".

Der König Priamos war inzwischen auch von der Burg heruntergekommen und hatte gehört, was Sinon gesagt hatte.

„Bindet ihn los!" sagte er. „Ich schenke ihm das Leben. Sage uns aber alles, Sinon, was du weißt und was wir wissen möchten! Was ist das für ein Pferd? Warum ist es so groß, und was ist sein Zweck? Ist es wirklich nur ein Weihegeschenk an Athene, oder steckt Schlimmes für Troja dahinter? Sprich aber die

Wahrheit und belüge uns nicht!"

„Die reine Wahrheit will ich euch sagen!" erwiderte Sinon. „Hört also: Die Göttin war zornig auf Odysseus und die Griechen, weil sie damals in der Nacht aus eurer Burg ihr heiliges Bild gestohlen und die Wächter umgebracht haben. Sie haben durch den Raub des Standbilds den Segen der Göttin von Troja abwenden und sich selbst aneignen wollen. Wie aber das Bild im Lager stand, ist ihm salziger Schweiß vom Gesicht und von den Schultern gelaufen, seine Augen haben Feuer gesprüht, und dann ist es dreimal aufgesprungen vom Boden, wo es stand, und die Göttin hat ihre Lanze geschwungen. Ihr könnt euch denken, wie das die Griechen erschreckt hat! Sie haben ihren Priester Kalchas gefragt, wie sie wohl den Zorn der Göttin wieder beschwichtigen könnten. Und Kalchas hat ihnen befohlen, sofort nach Hause zu segeln. Vorher aber müßten sie der Göttin ein schönes Weihegeschenk anfertigen, damit sie ihnen den Raub ihres Standbilds verzeiht. So ist es zugegangen."

„Aber warum", fragte Priamos, „ist es denn so schrecklich groß, dieses Pferd?"

„Das hat Kalchas befohlen!" erklärte Sinon. „Das Pferd müsse so riesig werden, damit es niemals durch die Tore Trojas gezogen werden könnte. Sonst nämlich würde Troja nicht nur der Sieger über die Griechen, sondern bald der Beherrscher der ganzen Welt sein."

„Oh!" sagte Priamos. „Dann müssen wir das Pferd ja

unbedingt sofort nach Troja hineinschaffen!"

Aber da widersprachen ihm Kassandra und die andern: „Niemals!" riefen sie. „Zerstört das Pferd! Unheil wird es über Troja bringen. Zerschlagt es sofort!"

Da warf Sinon die Hände hoch, schlug sie zusammen und rief: „Um aller Götter willen, nein! Ihr dürft es nicht einmal beschädigen! Das wäre euer Untergang! Auch das hat Kalchas gesagt, und er hat immer recht behalten. Wenn ihr dem Pferd etwas tut, wird Troja zerstört werden, und ihr alle werdet sterben!"

„Das ist doch Unsinn", sagte Priamos. „Ein Pferd aus Holz kann doch nicht eine Burg und eine Stadt und alle Menschen vernichten?"

„Die Griechen kommen wieder", sagte Sinon. „Sie sind nur nach Hause gefahren, um dort neue Waffen zu holen. Das Pferd ist das Schutzbild der Göttin. Wer das Pferd hat, wird der Sieger sein. Wer das Pferd zerstört, wird von der Göttin vernichtet. Begreift doch endlich! Die Griechen wollen ja, daß ihr es zerschlagt. Darum – und nur darum – steht es hier!"

Nach einem erschrockenen Schweigen ringsum sagte Priamos: „Wir haben dich verstanden. Was also sollen wir jetzt tun?"

„Schafft das Pferd nach Troja. Dann wird die Göttin mit euch sein", sagte Sinon.

„Aber wie?" fragte Priamos. „Es ist ja wirklich viel zu groß. Wir bringen es nicht durch die Tore!"

„Zerschlagt die Tore, brecht die Mauern auf", rief

Sinon. „Aber beeilt euch! Bald kommen die Griechen zurück, und wenn das Pferd dann noch in ihrem Lager steht, wird ihr Sieg über euch ein Kinderspiel sein!"

Und so geschah es. Als die Mauern niedergerissen waren, schoben die Trojaner Walzen unter die Füße des Pferdes und spannten sich Stricke um die Schultern, um das Standbild auf den Rollen hinauf in die Stadt ziehen zu können. Am Abend stand es auf dem Platz vor der Burg, geschmückt und umtanzt von den Kindern.

Da ging es hoch her in der Stadt! Die Trojaner feierten ihren sicheren Sieg, sie hielten Festmähler und füllten ihre Becher immer wieder mit dem süßen Wein. Sie tranken viel zuviel, die Trojaner. Und müde von ihrem Rausch schliefen sie ein, wo sie gerade saßen.

Sinon aber hatte keinen Schluck getrunken. Er war sehr nüchtern und sehr wach, der junge tapfere Verwandte des Odysseus, der den schwierigen Auftrag bekommen hatte, die Trojaner zu täuschen und damit den Griechen den Weg in die Stadt freizumachen. Jetzt war die Stunde gekommen...

Er blieb in der Nähe des Pferdes; fast war sein Auftrag erfüllt. Darum erschrak er sehr, als jetzt tief in der Nacht eine Frau, begleitet von einem Mann, aus der Burg kam und auf das Pferd zuging! Er erkannte Helena und ihren jetzigen Mann, den sie nach dem Tod des Paris geheiratet hatte. Und er schlich näher, um sie zu beobachten.

Helena kannte ja alle griechischen Heerführer. Wie Kassandra vermutete auch sie in dem Pferd eine Kriegslist der Griechen, die sie als die Frau eines trojanischen Fürsten verhindern wollte. Und Helena hatte einen sehr klugen Einfall.

Dreimal ging sie um das Pferd herum und rief dabei die Namen der tapfersten griechischen Helden. Sie verstellte aber ihre Stimme, denn sie kannte ja auch die Frauen der Griechen. Und so rief sie mit der Stimme ihrer Frauen die Namen der Männer. Den Namen des Odysseus rief sie mit der Stimme der Penelope; nur Menelaos, ihren früheren Mann, rief sie mit der eigenen Stimme.

Und fast wäre Menelaos, fast wären ein paar andere auf die List der Helena hereingefallen. Sie konnten der Stimme ihrer Frauen kaum widerstehen. Ein paar Männer sprangen auf und wollten schon rufen: Ja, Liebste, hier bin ich, ich komme hinaus zu dir! Odysseus aber hielt den Männern im Innern des Pferdes den Mund zu, damit sie nicht im letzten Augenblick alles verrieten und alles umsonst gewesen wäre.

Umsonst aber war Helenas List. Das hölzerne Pferd blieb stumm. Sinon atmete erleichtert auf, als sie sich endlich abwandte und mit ihrem Mann zur Burg zurückging.

Die Nacht war hell, der Mond schien. Troja schlief. Und als Sinon jetzt über die Burgmauer spähte, sah er die Segel der zurückkehrenden griechischen Flotte silbern im Licht des Mondes glänzen. Die Schiffe hatten sich den Tag über hinter einer Insel versteckt gehalten und gingen jetzt wieder am Strand bei Troja vor Anker.

Nun öffnete Sinon die Geheimtür im Bauch des Pferdes. Die schwerbewaffneten Helden stürzten heraus und warfen sich über die schlafenden Trojaner. Aus den Schiffen stürmte das Heer der Griechen den Berg hinauf und durch die zerstörten Tore in die Stadt und in die Burg...

So ging Troja zugrunde durch die List des Odysseus, durch das hölzerne Pferd. Am Morgen nach dieser schrecklichen Nacht war der trojanische Krieg endlich zu Ende. Menelaos bekam Helena wieder, und das Gold von Sparta. Die siegreichen Griechen segelten mit reicher Beute in die Heimat zurück.

Bei den Kikonen und den Lotos-Essern

Kaum hatten die zwölf Schiffe des Odysseus Troja hinter sich gelassen, trug sie der Wind an eine Küste im Norden. Dort lebte ein Volk, das dem König Priamos Hilfstruppen für den trojanischen Krieg geschickt hatte: die Kikonen.

Da ging Odysseus mit seinen Männern an Land, um die Stadt Ismaros zu zerstören und die Kikonen zu besiegen. Die Griechen drangen vor. Sie machten reiche Beute in Ismaros und brannten es nieder. Ein Priester, dessen Leben Odysseus verschonte, schenkte ihm zum Dank viele Schläuche mit süßem Wein.

Nach dem Kampf trieb Odysseus seine Männer an: „Zurück an den Strand und auf die Schiffe! Vertrödelt die Zeit nicht, wir wollen nach Hause!" Aber die Männer wollten ihren Sieg feiern. Sie schlachteten Schafe und Rinder zum Festmahl, und in der Nacht tranken auch sie – wie die Trojaner – viel zuviel und schliefen satt und schwer berauscht ein.

Ein paar Kikonen aber hatten aus der Stadt flüchten können und in den umliegenden Orten ihre Landsleute alarmiert. Die Männer sammelten und bewaffneten sich und zogen noch in der Nacht gegen den Feind in der zerstörten Stadt. Im Morgengrauen wurden die Griechen von den Kikonen überfallen.

Sie verteidigten sich, so gut sie konnten, aber die Kikonen waren in der Überzahl und trieben die Griechen zum Strand zurück. Sechs Männer von jedem Schiff, zweiundsiebzig Gefährten des Odysseus, verloren ihr Leben.

Sie bestiegen ihre Schiffe und riefen jeden Namen der toten Gefährten dreimal über das Meer; so gedachten sie ihrer Toten. Dann segelten sie weiter und hofften, bei gutem Wind geradewegs nach Ithaka fahren zu können.

Aber da kam ein Nordwind auf; ein schwerer Sturm fegte über das Meer, der den Tag zur Nacht werden ließ. Alles ringsum war schwarz, das Meer brüllte. Die Segel zerrissen und mußten eingezogen werden. Die Männer griffen zu den Rudern. Der Sturm dauerte zwei Tage und zwei Nächte.

Erst am dritten Tag ging die Sonne am klaren Himmel auf. Da konnten die Mastbäume wieder gesetzt und die Segel aufgezogen werden, und alle meinten, jetzt hätten sie das Ärgste hinter sich.

Aber bei Maleia kam wieder Nordwind auf, und mit dem Sturm kämpfte die Gegenströmung des Meeres. Die Wellen stürzten sich über die Schiffe. Die Kräfte der Natur waren viel stärker als die Kunst der Männer am Steuer und an den Rudern. Neun schlimme Tage und Nächte wurden die Schiffe vom Sturm in die Irre getrieben. Die Männer konnten nur hoffen, daß sie am Leben bleiben würden – neun Tage und Nächte auf dem stürmischen Meer sind sehr lang.

Am zehnten Tag hellte sich der Himmel wieder auf, die Sonne schien, und bald kam Land in Sicht. Die Männer freuten sich sehr, nach der schlimmen Zeit endlich wieder einmal auf festem Boden stehen und gehen zu können. Sie fanden eine Quelle und schöpften Wasser und kochten und aßen und ruhten sich aus.

Dann aber wollte Odysseus wissen, was für ein Volk denn wohl diese fremde Küste bewohne. Er schickte zwei Männer und einen Herold aus, die das Land erkunden sollten.

Aber die Boten blieben lange aus, und er fürchtete, sie seien unter feindlich gesinnte Menschen geraten. Da ging er selber mit zwei Gefährten landeinwärts, um nach ihnen zu suchen.

Die Einwohner aber empfingen ihn freundlich. Man spürte, sie waren niemandes Feind. Odysseus erfuhr, daß sie sich Lotos-Esser oder Lotophagen nannten; sie hatten ihr Volk nach der Pflanze benannt, von der sie sich nährten, dem Lotos. Sie kelterten auch ihren Wein aus dem Lotos.

Die beiden Kundschafter und der Herold, auf die Odysseus so lange vergeblich gewartet hatte, lagerten glücklich zwischen ihren freundlichen Gastgebern. Odysseus rüttelte sie an den Schultern. „Steht auf, kommt! Zurück zu den Schiffen! Wir wollen weiterfahren."

Da sahen sie ganz verständnislos zu ihrem Anführer auf. „Ach nein", sagten sie, „laß uns in Ruhe, fremder Mann. Was willst du denn von uns? Setz dich her und iß und trink. Der Lotos schmeckt süß wie Honig und schenkt sanfte Träume. Bleibe bei uns und sei glücklich!"

„Ihr wollt doch nach Hause, Freunde!" mahnte Odysseus. „Ihr wollt doch nicht in einem fremden Land unter fremden Menschen leben! Ihr wollt nach Ithaka fahren zu euren Frauen und Kindern!"

„Ithaka?" fragten sie. „Frauen? Kinder? Was ist denn das alles? Damit haben wir nichts zu tun. Die lieben Menschen hier haben uns aufgenommen, und bald werden wir mit ihnen den Lotos ernten und immer so glücklich sein wie jetzt! Fahr du nur nach Ithaka zu den Frauen und Kindern. Wir wissen zwar nicht, was das ist, aber jeder soll doch einfach das tun, wozu er Lust hat. Wir haben Lust auf Lotos und werden nie mehr auf irgend etwas anderes Lust haben. Wir bleiben hier."

Odysseus mußte sich zu ihnen hinunterbücken, um überhaupt verstehen zu können, was sie sagten, denn sie lallten wie Säuglinge. Und auch ihr Lächeln war wie das Lächeln neugeborener Kinder. Er kannte seine harten Männer kaum wieder. Aber er wollte sie nicht hier zurücklassen. Er und seine Begleiter faßten die Widerstrebenden an den Armen und zogen sie hoch und schleppten sie zu den Schiffen. Da begannen die halb Schlafenden sich zu wehren und weinten, sie wollten zurück zum Lotos und zu den freundlichen Lotos-Essern, sie wollten nicht auf die Schiffe, sie wollten nicht wieder aufs Meer. Die Gefährten mußten sie mit starken Stricken an den Bänken festbinden.

Und wieder legten die zwölf Schiffe vom Land ab und fuhren aufs Meer hinaus.

Bei Polyphem im Land der Kyklopen

Der Mond hielt sich hinter Wolken verborgen, und die Nacht war neblig, als die Schiffe wieder einmal Land anliefen, weil der Vorrat an Trinkwasser und Fleisch zu Ende gegangen war und für die weitere Reise aufgefüllt werden mußte. Die Männer ahnten nicht, wo sie gelandet waren. Alles blieb ruhig, kein Mensch zeigte sich. Sie hörten nur das leise Rauschen eines Baches. Sie tranken, streckten sich am Strand aus, deckten sich zu und schliefen bis zum Morgen.

Das Licht der Frühe vertrieb auch den Nebel. Neugierig sahen die Männer sich um. Sie befanden sich auf einer schönen kleinen Insel voller Wälder und blühender Wiesen. Aber nirgends zog sich ein Pfad durchs Gelände, nirgends sahen sie eine menschliche Behausung. Durch die weiten Wiesen, die offenbar niemals gemäht wurden, sprangen und meckerten Ziegen, unendlich viele Ziegen, die sich um die fremden Gäste nicht kümmerten.

Odysseus wunderte sich. Er prüfte die Erde. Sie war gut, sie hätte angebaut werden können mit Getreide, mit Wein. In den Wäldern gab es sicher Rehe und anderes Wild. Dort, wo die griechischen Schiffe lagen, war ein natürlicher Hafen, aber auch um diesen Hafen hatte nie ein Mensch sich gekümmert.

Nach einer Weile sagte Odysseus: „Ich glaube, ich weiß, wo wir sind. Schaut da hinüber!"

Er wies mit der Hand hinüber zu einer felsigen Küste, die mit dem Schiff bald zu erreichen wäre.

„Unsere Insel hier", fuhr er fort, „könnte so leicht bebaut und benützt werden für die Menschen da drüben. Aber nur die Ziegen nützen sie. Dafür kann es nur einen Grund geben: da drüben wohnt ein Volk, das kein Getreide aussät und erntet, das keinen Weinberg anlegt, das die Jagd auf Hasen und Rehe nicht kennt. Es kennt auch die Götter nicht, die dem Menschen den Acker fruchtbar machen und segnen."

„Wer aber", drängten die Männer, „wer, Odysseus, wohnt denn da drüben? Sag es uns doch, wenn du es weißt!"

„Es kann nur das Land der Kyklopen sein", erwiderte Odysseus.

Und die Männer erschraken.

Denn wer hätte nocht nicht vom Land der Kyklopen gehört? Jeder wußte etwas, und jeder wußte etwas anderes, und jeder wollte jetzt erzählen, was er wußte.

„Riesen sind die Kyklopen", sagte einer. „Jeder ist so groß wie ein Haus, und jeder hat nur ein einziges Auge, das ihm mitten auf der Stirn sitzt. In einer Hand können sie einen ausgewachsenen Mann zerquetschen."

„Für Götter halten sie sich", sagte ein anderer. „Sie glauben an nichts, das stärker ist als sie selbst. Sie brauchen keine Götter, sagen sie. Jeder ist sein eigener Gott."

„Sie haben kein einziges Gesetz", sagte der dritte. „Sie leben, wie sie gerade wollen, wie es ihnen einfällt. Jeder ist das Gesetz für die eigene Familie. Sie haben keinen Herrscher und keine Ratsversammlung und kein Gericht. Jeder sorgt nur für sich selbst. Sie kümmern sich nicht umeinander."

„Sie bauen kein Haus, kein Schiff, keinen Stall, nicht einmal einen Wagen", sagte der vierte. „Sie wissen gar nicht, was das ist: bauen. Sie wohnen in schmutzigen Höhlen. Sie pflügen nicht, sie säen nicht, sie ernten nicht. Sie haben nur ihr Vieh, das sie mästen und fressen. Sie kennen keinen Wein. Sie trinken die Milch ihrer Ziegen."

„Sie sind dumm", sagte der fünfte. „Sie haben nur das eine Auge mitten auf der Stirn; das ist größer als das Rad eines Wagens, groß wie ein Mühlrad. Sie haben nur ihre schreckliche Kraft. Sie sind wie Tiere und schlimmer als wilde Bestien."

„Hört endlich auf!" unterbrach Odysseus die Schwatzenden. „Das alles habt ihr doch nur von den Leuten gehört, die niemals einen Kyklopen gesehen haben. Und ihr wißt doch, wie das ist, wenn etwas immer weitererzählt wird, ohne daß man es überprüfen kann. Vielleicht sind die Kyklopen Menschen wie wir, nur ein bißchen größer; und ihnen genügt vielleicht ein einziges Auge, sie brauchen wohl nicht mehr. Ich will morgen hinüber. Ich will wissen, was dran ist an den Geschichten, die sich die Leute erzählen. Und wir können dann später den Leuten die Wahrheit berichten, wenn wir sie kennen."

Da erhob sich ein Sturm der Entrüstung unter den Männern. „Haben wir nicht genug Schlimmes erlebt vor Troja und auf unserer Fahrt bis hierher! Wollen wir nicht endlich heim nach Ithaka! Warum willst du schon wieder das Unbekannte erforschen und dich und uns alle in Gefahr bringen?"

„Ihr braucht ja nicht hinüber", sagte Odysseus. „Ruht euch nur aus auf dieser hübschen, harmlosen Insel. Ich fahre nur mit meinen Männern hinüber, nur mit meinem Schiff. Wir werden bald wieder bei euch sein."

Das war nun aber den Gefährten auch wieder nicht recht. Ein paar waren nicht weniger neugierig als Odysseus, und schließlich wären am liebsten alle mit ihm hinübergefahren. Aber Odysseus blieb fest. Nur sein eigenes Schiff, bemannt mit der eigenen Besatzung, lief am nächsten Morgen aus.

Nichts regte sich an Land; kein Mensch und auch kein einäugiger Riese war zu sehen. Man hörte nur die Laute von Schafen und Ziegen. Odysseus wählte zwölf der Männer zu seiner Begleitung aus; den andern befahl er, das Schiff bis zu seiner Rückkehr zu bewachen und sich nicht vom Strand zu entfernen.

3 8976-14

Nach ein paar Schritten sah er schon eine Höhle liegen, nahe am Meer. Sie war sehr hoch und überdacht von Lorbeerbäumen. Rings um die Höhle zog sich unter Fichten und Eichen ein Hof, von einer starken Mauer umgeben. Odysseus ging vorsichtig über den Hof bis zur Höhle. Dann winkte er seinen Gefährten, und sie folgten ihm.

Die Höhle war innen sehr hoch. Sie grub sich tief in den Berg hinein. Ihr Inneres glich einem riesigen Stall. In Pferchen drängten sich Lämmer und Ziegen; für jedes Alter war ein besonderer Pferch eingerichtet: für die ganz Kleinen, die Größeren und für die Spätlinge. Bei jedem Pferch standen Eimer und Kübel, die einen mit Molke gefüllt, die anderen leer. Alles sah sehr ordentlich aus. Die Tiere wurden offenbar gut versorgt.

Dann entdeckten die Männer, auf Darren gestapelt, große Laibe von duftendem Käse.

„Laßt uns von dem Käse nehmen, soviel wir auf den Armen tragen können", sagten sie. „Den wollen wir auf das Schiff bringen und dann wiederkommen und alle Ziegen und Schafe aus der Höhle zum Schiff treiben. Aber rasch, sonst kommen die Bewohner zurück, und wir können keine Beute mehr machen zum Vorrat für die Heimfahrt!"

Odysseus aber ließ sich nicht bereden von den ängstlichen Gefährten.

„Ich will wenigstens einen Kyklopen von Angesicht

zu Angesicht sehen", sagte er. „Wer sein Vieh so gut versorgt, kann kein ganz böser Mensch sein. Laßt uns ein Feuer anzünden und den Göttern ein Opfer bringen und dann vom Käse essen und warten, bis der Herr der Höhle heimkehrt."

So geschah es. Sie opferten, sie aßen, sie warteten. Und er kam, der Kyklop.

Als er hereintrat, fiel kein Licht von draußen mehr in die Höhle, so riesig war er. Seine Gestalt versperrte den Eingang, als sei er ein Berg. Er trug auf den Armen trockenes Holz, aber nicht kleine Bündel, sondern ganze Scheiterhaufen. Und wie er das Holz in einer Ecke abwarf, ächzte und krachte die ganze Höhle.

Dann schrie er nach dem Vieh, das draußen wartete und mit dem er wohl den ganzen Tag auf der Weide verbracht hatte. Die weiblichen Tiere trieb er in die Höhle hinein, die männlichen ließ er draußen im Hof. Dann aber schob er einen Felsbrocken vor den Eingang, der so gewaltig war, daß er von vielen Wagen nicht hätte weggezogen werden können.

Jetzt setzte er sich hin und begann die Schafe und die meckernden Ziegen zu melken. Die Milch, die er gerinnen lassen wollte, füllte er in geflochtene Körbe ab, die andere in große Gefäße, wohl damit er sie gleich zur Hand hätte als Getränk bei seiner Mahlzeit.

Als der Kyklop hereingekommen war, hatten sich die Männer tief ins Innere der Höhle zurückgezogen, damit er sie nicht gleich entdecken konnte. Der zündete sich aber jetzt ein Feuer an zur Zubereitung seines Nachtmahls. Im Licht des Feuers entdeckte er sofort die Männer, die kaum so groß waren wie die Finger seiner Hand, und fuhr die Zitternden mit seiner rauhen Stimme an: „Wer seid denn ihr? Was fällt euch ein, hier einfach hereinzukommen, ihr Fremden? Habe ich euch geladen? Was wollt ihr? Seid ihr Seeräuber? Macht ihr Geschäfte, wollt ihr mir etwas verkaufen? Ich kaufe nichts! Oder streift ihr nur so durch die Welt, um die Leute zu ärgern, ihr Pack?"

Das große, runde, glühende Auge mitten auf der Stirn des Ungeheuers sah hinab zu den Griechen in ihrer Ecke, die sich vor den hügelhohen, fleischigen, dichtbeharrten Füßen wie Zwerge vorkamen.

Aber Odysseus trat trotz seines Schreckens einen Schritt vor und sagte: „Wir sind Griechen, und wir kommen von Troja, das wir nach langem Krieg endlich besiegt haben. Das Meer und der Sturm waren nicht freundlich zu uns. Wir sind auf der Fahrt in die Heimat an deine Küste gelangt und bitten dich um deinen Schutz und deine Gastfreundschaft. Zeus hat allen Menschen befohlen, Bettler und Hilfesuchende freundlich aufzunehmen, und er ist der Rächer jener Armen, die im fremden Land vergeblich um Schutz gebeten haben."

Da lachte der Kyklop, daß die Höhle erbebte, und sagte: „Wie kindisch du bist, Fremder. Du weißt gar nichts! Die Kyklopen brauchen deinen Zeus nicht. Wir sind stärker als alle Götter. Aber wo hast du denn dein Schiff, mit dem du hier gelandet bist? Ist es hier in der Nähe?"

Odysseus merkte, daß der Kyklop ihn aushorchen wollte, und erwiderte: „Poseidon, der Gott der Meere, hat mein Schiff im Sturm zerschlagen. An den Klippen deines Landes ist es zerschellt. Nur wir paar Männer, die du hier siehst, sind dem Tod entronnen. Darum bitten wir dich noch einmal um deine Gastfreundschaft."

Der Kyklop erwiderte nichts. Er streckte die Hand aus, und schon zappelten zwei Gefährten zwischen seinen Fingern. Er schlug sie wie junge Hunde gegen die Erde – das Gehirn spritzte aus den geborstenen Schädeln. Er zerschnitt die Leiber und briet sie auf dem Feuer und verzehrte sie schmatzend. Nichts ließ er von ihnen übrig. Dazu trank er einen Eimer Milch nach dem andern. Schließlich klopfte er sich zufrieden auf den Bauch, rülpste, streckte sich auf dem Boden der Höhle aus und schlief schnarchend ein.

Starr vor Entsetzen hatten die Männer mit angesehen, wie der Kyklop die Gefährten ergriffen hatte, als seien sie Spielzeugfiguren, und sie aufgegessen hatte wie eine Handvoll Beeren oder Pilze. Sie weinten vor Furcht und beteten zu Zeus um Hilfe. Sie drängten sich eng aneinander und wußten nicht, wie sie sich helfen sollten.

Odysseus hätte am liebsten sein Schwert gezogen

und es dem schlafenden Ungeheuer ins Herz gestoßen. Aber er bezwang seinen Zorn, denn ihm war klar, daß weder er noch seine Gefährten jemals den Felsbrocken vom Eingang wegschaffen könnten. Sie wären für immer in der Höhle eingeschlossen geblieben und elend umgekommen.

Darum sprach er den Gefährten Mut zu.

„Wir müssen den Morgen abwarten", sagte er, „denn wir kommen hier nicht heraus. Wir müssen warten, bis er aufwacht, den Felsen vom Eingang wegschiebt und mit seinen Tieren auf die Weide geht. Dann können wir fliehen."

Das Ungeheuer schnarchte. Aber die Männer hätten sowieso nicht schlafen können; sie fürchteten den kommenden Morgen.

Als der Kyklop erwachte, streckte er sich und gähnte. Dann zündete er wieder ein Feuer an, und wie am Abend melkte er die Schafe und Ziegen. Und wieder packte er zwei Männer des Odysseus, schlug sie tot und zerschnitt und briet sie und fraß sie zum Frühstück. Dann schob er den Stein vom Eingang weg und trieb das Vieh aus der Höhle. Aber heute versperrte er den Eingang von draußen mit einem Felsbrocken. Die Griechen blieben Gefangene; und sie konnten sich ausrechnen, wie es weitergehen würde. Keiner von ihnen würde dem Appetit und dem Gebiß des Ungeheuers entrinnen.

Odysseus aber war nicht gewillt, sich mit diesem

schrecklichen Geschick abzufinden. Er bat Athene, die Göttin der Klugheit, die ihm auch vor Troja immer beigestanden hatte, um ihren Rat und ihre Hilfe. Und dann ging er langsam durch die Höhle und betrachtete scharf und prüfend alles, was er sah. Bis er fand, was er suchte und brauchte.

Ein riesiger Knüttel lag bei den Pferchen, herausgeschnitten vom Kyklopen aus dem Stamm eines Olivenbaums, der wohl zum Trocknen hier lag. Er war so groß und so dick wie der Mast eines mächtigen Schiffes. Von diesem Knüttel schlug Odysseus ein langes Stück ab. Er befahl den Gefährten, das Holz abzuschleifen, damit es ganz glatt würde. Er selbst spitzte das obere Ende zu und brannte und härtete es nahe am Feuer. Dann verbarg er die Waffe unter dem Mist.

„Was willst du denn damit machen?" fragten die Gefährten. „Was soll das?"

„Werft über euch das Los, Freunde", erwiderte Odysseus. „Vier von euch müssen mir helfen, den Pfahl aufzuheben und ihn dem Ungeheuer in das Auge zu stoßen, wenn es schläft."

Das Los fiel auf die Männer, die Odysseus selbst ausgewählt hätte, die besten und stärksten. Sie sprachen einander Mut zu und hofften, daß der Anschlag gelingen würde; sie konnten wieder nur warten.

Am Abend kehrte der Kyklop heim und trieb sein Vieh in die Höhle, heute auch die männlichen Tiere. Kein Lamm, keine Ziege, keinen Bock ließ er draußen im Hof. Wieder schob er den Stein vor den Eingang, wieder melkte er Schafe und Ziegen, wieder packte er zwei der Männer und schlang sie herunter mit Milch.

Da aber trat Odysseus vor. In der Hand hielt er einen Schlauch mit dem süßen Wein aus Ismaros, und er sprach den Kyklopen freundlich an: „Da, Kyklop! Du bist zwar böse mit uns, aber wir wollen dir nichts nachtragen. Ich habe dir als Gastgeschenk etwas mitgebracht, ein Getränk, das dir besser schmecken wird als die Milch deiner Ziegen."

Er füllte einen Napf mit dem Wein und reichte ihn dem Ungeheuer, das das fremde Getränk zunächst mißtrauisch beäugte und auch Odysseus argwöhnisch ansah. Dann aber leerte der Kyklop den Napf. Und der Wein schien ihm zu schmecken, denn er sagte: „Schenk mir noch einmal ein von dem Zeug! Und dann sag mir deinen Namen, damit auch ich dir ein Gastgeschenk geben kann."

Odysseus mußte noch zweimal nachgießen von dem köstlichen Wein, den das Ungeheuer ganz ohne Verstand einfach in sich hineinlaufen ließ. Als Odysseus merkte, daß der Kyklop allmählich betrunken wurde und seiner Sinne nicht mehr mächtig war, sagte er: „Du willst meinen Namen wissen, Kyklop. Nun höre: Ich heiße Niemand. Niemand ist mein Name. Niemand rufen mich meine Eltern und Freunde. Jetzt weißt du, wie ich heiße, und kannst mir dein Gastgeschenk geben."

Der Kyklop rülpste, lachte auf und sagte: „Dich, Niemand, werde ich als letzten verspeisen! Vorher will ich deine Gefährten auffressen – du aber sollst der allerletzte sein! Freust du dich? Ist das nicht ein schönes Gastgeschenk?"

Und das Ungeheuer lachte, fiel auf den Boden und schlief ein. Und wie es da betrunken schnarchte, erbrach es den Wein und das Menschenfleisch aus seinem Bauch.

Da zog Odysseus den Pfahl unter dem Mist heraus und hielt das zugespitzte, gehärtete Ende in die schwelende Asche des Feuers, bis die Spitze glühte und fast aufgeflammt wäre. Dann ergriffen die fünf Männer den Pfahl und stemmten ihn mit all ihren Kräften tief in das eine geschlossene Auge des Riesen. Odysseus selbst stemmte von oben her und drehte den glühenden Pfahl mehrmals in der Augenhöhle des Kyklopen herum.

Blut quoll aus dem Auge, das aufzischte in der Glut, die Brauen und die Wimpern versengte. Das Ungeheuer schrie auf und brüllte vor Schmerzen und riß sich den Pfahl aus der Augenhöhle und schrie um Hilfe, während die Griechen vor den umhertappenden, schrecklichen Händen davonliefen und sich verbargen, so gut sie konnten. Sie fürchteten, der Kyklop könne sie trotz seiner Blindheit fangen und packen und fressen.

Aber da hörten sie Stimmen von draußen und lauschten. Die Nachbarn des Kyklopen waren zur

Höhle gekommen, weil er so fürchterlich jammerte und um Hilfe schrie.

„Polyphem!" riefen sie. „Was ist dir denn, was fehlt dir? Warum heulst du so durch die Nacht? Du hast uns alle aus dem Schlaf geweckt! Hat dir jemand deine Schafe gestohlen? Oder erschlägt dich einer mit List oder mit Gewalt?"

Da schrie Polyphem: „Niemand, Freund! Niemand erschlägt mich mit List und mit Gewalt! Niemand!"

„Ja, Freund", riefen die Nachbarn, „wenn dir niemand etwas tut, wenn du allein da herumjammerst, dann brauchst du ja auch unsere Hilfe nicht. Vielleicht bist du krank. Dann bete nur zu deinem Vater, dem Gott Poseidon, der wird dir schon helfen. Wir wollen jetzt weiterschlafen, wir gehen nach Hause. Schrei du nicht mehr so herum, gib endlich Ruhe und stör unseren Schlaf nicht mehr!"

Wieder einmal war dem Odysseus eine List geglückt. Hätte er dem Ungeheuer nämlich seinen wirklichen Namen genannt, dann hätten die Nachbarn erfahren, daß Odysseus schuld war am Geschrei des Kyklopen, und sie hätten bestimmt die Höhle gestürmt und alle Griechen erschlagen.

Der Kyklop ächzte und stöhnte; das Blut troff immer noch aus der leeren Augenhöhle, und immer wieder griff er um sich, aber es gelang den Männern, seinem Griff zu entkommen. Da schleppte er sich zum Eingang und schob den Felsbrocken weg. Aber die Griechen freuten sich zu früh: Polyphem setzte sich mitten in die Öffnung, und seine Hände fuhren rastlos am Boden herum. Keiner wäre an ihm vorbeigekommen. So versuchten die Männer ein wenig auszuruhen und hofften auf den kommenden Morgen.

Odysseus aber dachte rastlos nach, wie er den Kyklopen noch einmal überlisten und sich und seine Männer retten könne. Und schließlich fiel ihm ein, daß Polyphem bei Anbruch des Tages seine Tiere wieder aus der Höhle treiben würde, damit sie auf die Weide kämen, ob er nun mit ihnen hinausginge oder nicht.

Wieder sah er sich um in der Höhle, ob er etwas Brauchbares fände, und erblickte Gerten aus Weidenzweigen. Die knüpfte er zu langen Binden zusammen. Dann band er jeweils drei Schafböcke aneinander, so daß sie zu dritt nebeneinanderher laufen mußten; ihr Fell stand sehr hoch und dicht. Und dann erklärte er seinen Gefährten den Fluchtplan.

Jeder von ihnen ließ sich willig unter dem Bauch jenes Hammels, der zwischen den beiden andern in der Mitte ging, festbinden; so würde der Mann im Bauchfell des Bocks ganz sicher sein vor den Greifhänden des Kyklopen.

Zuletzt wälzte Odysseus sich selbst unter den größten Schafbock und krallte sich mit Händen und Füßen im dichten Fell des Bauches fest.

Und dann kam alles so, wie Odysseus sich das ausgedacht hatte: Nach dem Aufwachen rief der

Kyklop sein Vieh aus den Pferchen und trieb es aus der Höhle. Er ließ die Tiere an sich vorbeiziehen und klopfte jedem auf den Rücken. Es kam ihm gar nicht in den Sinn, daß die Männer am Bauch der Böcke hängend aus der Höhle entfliehen könnten; dazu war er zu dumm.

Das letzte Tier, das die Höhle verließ, war der Schafbock, der Odysseus trug; und obwohl Polyphem blind war, erkannten seine Hände doch den Bock, der ihm der liebste war. Er klopfte ihm den Rücken und fragte: „Warum kommst du denn heute als letzter? Sonst bist du doch immer der erste, der ins Freie springt! Hast du gesehen, was der böse Fremde mir angetan hat? Dieser Niemand, der doch gar nichts ist. Das Auge hat er mir ausgebrannt! Aber ich erwische ihn schon – dann ist's aus mit ihm. Jetzt lauf!"

Odysseus und seine Männer blieben stumm, bis die Böcke von der Höhle so weit entfernt waren, daß Polyphem sie nicht mehr hören konnte. Dann ließ Odysseus das Fell des Hammels los und löste auch die Gefährten von den Weidenbinden. Glücklich über ihre Rettung trieben die Männer die Schafe dem Schiff zu und berichteten den wartenden Gefährten, wie knapp sie dem Tod entronnen waren und daß der Kyklop sechs Freunde verzehrt hatte. Aber als sie nun die Toten beklagen wollten, befahl Odysseus: „Verliert keine Zeit! Bringt die Schafe auf das Schiff und rudert aufs Meer hinaus!"

Als er den Kyklopen immer noch vor seiner Höhle sitzen sah, ließ er die Ruderer anhalten und schrie hinüber: „Höre, Polyphem! Recht ist dir geschehen, daß du nichts mehr sehen wirst, solange du lebst! Zeus selbst hat dich mit Blindheit gestraft, weil du deine Gäste aufgefressen hast, statt sie zu schützen und zu bewirten!"

Da riß der Kyklop wütend einen Felsen aus dem Berg und schleuderte ihn über das Wasser. Nahe vor dem Schiff stürzte der Brocken ins Meer und wühlte Wellen auf, die das Schiff fast zurückgetragen hätten an den Strand. Aber Odysseus griff zu einer Stange und stemmte und stieß das Schiff wieder gegen das Meer hin. Und er befahl den Gefährten, mit allen Kräften zu rudern.

Noch einmal aber reizte es ihn, Polyphem zu verspotten. Und obwohl die Gefährten auf ihn einredeten, „Sei lieber ruhig, wer weiß, was er uns noch antun kann!", schrie Odysseus über das Wasser: „Kyklop! Wenn dich einer fragt, wer dich geblendet hat, dann sag ihm, das sei Odysseus gewesen, Odysseus von Ithaka, der Troja besiegt hat!"

Da brüllte Polyphem voller Wut: „Da hat mir also damals doch so ein Neunmalkluger die Wahrheit prophezeit! Mein Auge würde ich verlieren durch den Odysseus. Ich habe aber gemeint, daß da ein großer und starker Mann kommt, um mit mir zu kämpfen. Aber nur der kleine Niemand ist gekommen, und er hat nicht gekämpft mit mir, nein! Er hat mich betrunken gemacht mit dem süßen Zeug, und erst als ich schlief, hat er mir das Auge ausgebrannt, der Feigling! Aber warte nur ab, Odysseus! Mein Vater Poseidon, der Gott der Meere, wird mich rächen. Und er wird mich auch heilen!"

Dann hob er das geblendete Auge zum Himmel und schrie: „Höre mich, Vater! Strafe diesen Odysseus! Laß ihm die Heimfahrt zu einer Leidensfahrt werden! Vernichte seine Gefährten! Und wenn er überhaupt heimkommt, nach dem Willen des Zeus in einem fremden Schiff, dann laß seine Plage erst recht beginnen in seinem eigenen Hause!"

Und noch einmal schleuderte der Kyklop einen Felsbrocken gegen das Schiff, und fast hätte der Brocken das Steuerruder getroffen. Aber noch einmal ging es gut, und die Gefährten ruderten nun rasch zu der kleinen freundlichen Insel, wo die anderen Schiffe lagen. Die zurückgebliebenen Männer hatten sich große Sorgen gemacht, weil die Gefährten so lange ausgeblieben waren. Nun erfuhren sie von all dem Schlimmen, und alle trauerten um die Männer, die der Kyklop getötet hatte.

Odysseus verteilte die Schafe und Ziegen gerecht unter alle Männer. Den schönen Schafbock aber, in dessen Vlies er sich festgeklammert hatte, um Polyphem zu entkommen, opferte er dem Zeus.

Dann aßen alle und tranken, und als die Sonne

unterging, legten sie sich am Strand zum Schlafen nieder. Am nächsten Morgen fuhren die Schiffe wieder aufs Meer hinaus, und wieder hofften alle Männer auf eine glückliche Fahrt bei gutem Wind und eine baldige Heimkehr.

Bei Aiolos, dem Hüter der Winde

Als an einem der nächsten Tage gerade die Sonne aufging, tauchte vor den Schiffen aus dem Dunst der Frühe etwas auf, das zunächst aussah wie ein breites Schiff mit riesigen Aufbauten, das vor ihnen herfuhr. Dann aber erkannten sie, daß das Schiff eine Insel war.

„Wie kann denn aber", fragten sich die Männer, „eine Insel einfach im Meer herumfahren? Sonst sind die Inseln doch tief im Meeresgrund verankert!"

Aber sie fanden natürlich keine Antwort auf ihre Frage. Die Insel trieb schwimmend vor ihnen her und schaukelte fröhlich auf den Wellen. Und da wieder einmal die Vorräte an Fleisch und Trinkwasser zu Ende gingen, befahl Odysseus, die Schiffe an der Insel festzumachen. Dann ging er mit den Gefährten an Land.

Zusammen streiften sie landeinwärts und kamen schließlich zu einer Stadt mit schönen Straßen und

Häusern. Die Leute, die ihnen begegneten, grüßten sie freundlich. Und als sie zum Palast kamen und um Einlaß und Vorsprache bei dem Herrn der Insel baten, wurden sie vom Königspaar herzlich willkommen geheißen.

„Ihr sollt wissen", sagte der König, „daß ich Aiolos heiße. Vielleicht habt ihr schon von mir gehört. Die Götter haben mich zum Hüter der Winde eingesetzt. Ich habe die Verantwortung für alle Winde der Welt. Manchmal kommt es vor, daß die Götter für irgendeinen ihrer Pläne einen bestimmten Wind brauchen, sie können sich aber nicht auch noch den Kopf darüber zerbrechen, welcher Wind das sein müßte. Dann fragen sie mich um Rat, und ich lasse den Wind wehen, den sie brauchen. Ihr könnt euch denken, daß ich sehr stolz auf mein Amt bin."

Das Königspaar hatte sechs Söhne und sechs Töchter, die miteinander verheiratet waren, und alle lebten in Friede und Freude miteinander. Auf der Insel schien es keinen Kummer und keine Not zu geben, nicht einmal schlechte Laune, und niemals hörten oder sahen Odysseus und seine Männer Leute miteinander streiten.

Alle Tage wurden Feste gefeiert. Die Tische im Palast waren schön gedeckt und mit guten Speisen beladen, und von der Frühe bis zur Nacht jubelten die Flöten.

Nach einem Monat aber dachte Odysseus doch

wieder an die Heimkehr und sagte zum König: „Lieber Aiolos, du lebst mit deiner Familie so glücklich, daß du sicher verstehst, wenn wir Griechen nach dem langen Krieg und den schlimmen Erlebnissen seit der Abfahrt von Troja nun auch selbst wieder zu unseren Familien heimkommen möchten. Bitte hilf uns dabei und weise uns den rechten Weg, denn wir wissen nicht, wie wir von hier aus nach Ithaka kommen können."

„Aber natürlich", sagte Aiolos, „werde ich euch helfen! Du wirst schon sehen."

Die Männer beluden nun die Schiffe mit Vorräten für die Heimfahrt, und als alles fertig war zur Abfahrt, verabschiedeten sie sich von der Familie des Königs und gingen an Bord.

„Schau her, Odysseus", sagte Aiolos, „was ich hier für dich habe!"

Er hielt einen großen Schlauch aus Rindsleder in der einen Hand. Und Odysseus sah nun, daß er, während er sich nach allen Seiten heiter umsah, mit der anderen Hand immer wieder Unsichtbares in den Schlauch steckte. Er griff in die Luft, und was er dort ergriff, versenkte er tief hinab in den Schlauch. Dann sah er lachend den verdutzten Odysseus an.

„Ich habe dir alle bösen Winde da hineingesteckt", erklärte er. „Jetzt kann euch kein Sturm mehr in die Irre verschlagen! Das darfst aber nur du wissen, nicht deine Männer. Es muß ein Geheimnis bleiben zwischen uns und den Göttern."

Und dann verschloß Aiolos den Schlauch und trug ihn selbst auf das Schiff des Odysseus und band ihn im Schiffsbauch fest mit einer silbernen Schnur, damit auch nicht der kleinste böse Wind entweichen könne.

„Und jetzt, mein lieber Odysseus", sagte der König beim Abschied, „lasse ich euch einen sanften Westwind wehen, der deine Schiffe einfach übers Meer geradeaus nach Hause tragen wird."

Und so geschah es auch zunächst. Neun Tage und Nächte segelten die Schiffe friedlich auf dem blauen Meer dahin. Am zehnten Tag sahen die Männer die Umrisse von Ithaka in der Ferne aus dem Meer auftauchen und den Rauch der heimatlichen Feuer in den klaren Himmel aufsteigen.

Immer war Odysseus wach geblieben, nie hatte er sich Ruhe gegönnt; jetzt aber, da er die Heimat fast schon greifbar nahe vor sich liegen sah, fiel alle Spannung von ihm ab. Sie waren ja nun fast daheim – da konnte er wohl endlich ein wenig schlummern! So schloß er dankbar die Augen und schlief ein.

Die Gefährten hatten genau beobachtet, wie Aiolos den Schlauch aus Rindsleder auf das Schiff gebracht und im Bauch des Schiffes versteckt hatte. Aber auf all ihre neugierigen Fragen hatte Odysseus keine Antwort gegeben.

„Immer bekommt Odysseus die großen Geschenke!" sagten sie zueinander. „Und wir kriegen bestenfalls, was übrigbleibt, was er nicht will. Aiolos hat bestimmt kostbare Schätze in den Schlauch gesteckt, Gold und Silber und wer weiß, was noch alles. Und wieder will Odysseus alles für sich allein behalten und uns nichts geben, obwohl wir das gleiche erlebt haben wie er und auch nicht schlechter sind als er! Laßt uns nachschauen, was in dem Schlauch steckt, und wenn wir es wissen, werden wir es ihm sagen; dann muß er uns den gerechten Anteil an den Schätzen geben!"

Keiner hatte Bedenken, keiner hielt sie zurück – und Odysseus schlief!

Sie stiegen in den Schiffsbauch hinunter und entdeckten den Schlauch und machten sich an ihm zu schaffen. Da riß der Schlauch auf, und alle bösen Winde fuhren heraus, bliesen die entsetzten Männer an und strudelten aus dem Schiffsbauch hinaus an die Luft und über das Meer. Der Wirbelsturm packte die Schiffe und schleuderte sie zwischen den haushohen Wellen hinauf und hinab. Die Segel rissen, und die Mastbäume krachten, und alles schien nun verloren.

Der Sturm und das Geschrei der Männer rissen Odysseus aus dem Schlaf. Er begriff sofort, was geschehen war, und er verfluchte sein unzeitiges Bedürfnis nach Ruhe. Am liebsten hätte er sich aus dem Schiff geworfen, um im tobenden Meer zu sterben. Die Dummheit und die Gier und die Neugier seiner Männer machten ihn ganz elend und nahmen ihm fast jede Hoffnung. Aber er bezwang seine Verzweiflung und seine Mutlosigkeit und beschloß, nicht aufzugeben.

Doch als seine Männer jammernd zu ihm kamen und ihn anflehten, ob er denn gar keinen Rat wisse, hüllte er sich in seinen Mantel und schwieg.

Da wollten es die Winde, daß die zwölf Schiffe des Odysseus im Sturm antrieben am Strand der Insel des Aiolos. Und Odysseus eilte mit einem Gefährten und einem Herold in das Königsschloß und ließ sich beim Königspaar melden. Die glückliche Familie saß gerade an ihrem schön gedeckten Tisch beim Essen und war ganz verblüfft, Odysseus wiederzusehen.

„Wie kommst du denn hierher?" fragte Aiolos. „Und wie siehst du denn aus – abgerissen und elend! Was ist denn mit dir geschehen? Gerade haben wir von dir geredet, wir dachten, auch du sitzt jetzt glücklich mit deiner Familie beim Mahl! Habe ich dir denn nicht alles Böse im voraus aus dem Weg geräumt? Ich weiß doch umzugehen mit den Winden! Noch nie habe ich einen Fehler gemacht!"

„Ach, Aiolos", sagte Odysseus, „du kannst nichts dafür, nur ich bin schuld. Als ich Ithaka aus dem Meer steigen sah, wollte ich ein wenig ruhen. Verflucht sei dieser Schlaf! Meine Männer haben deinen Schlauch geöffnet, weil sie gemeint haben, es stecke ein Schatz darin! Du kannst dir ja denken, was dann passiert ist. Ich bitte dich um aller Götter willen: hilf uns noch einmal! Denn nur du kannst uns jetzt noch helfen."

Die Königin und ihre zwölf Kinder sahen stumm zu ihm auf, und Odysseus sah das Mitleid in ihren Augen.

Aiolos aber sprang auf vom Tisch, streckte die Hand gebieterisch gegen Odysseus und seine Begleiter und rief: „Hinaus mit euch, fort, verlaßt meine Insel sogleich! Wie sehr mußt du den Göttern verhaßt sein, Odysseus, daß sie dies haben geschehen lassen trotz meiner Fürsorge! Du mußt dich schlimm gegen sie vergangen haben. Für einen, den die Götter hassen, darf aber der Hüter der Winde nichts mehr tun, wenn seine Hilfe so ganz umsonst war. Geht – fort mit euch, und laßt euch hier nie wieder blicken! Die Götter werden euch vernichten!"

Mutlos ging Odysseus mit seinen Begleitern zu den Schiffen zurück.

„Auf jetzt", befahl er seinen Männern, die voller Hoffnung auf Hilfe seine Rückkehr erwartet hatten. „An die Ruder! Uns hilft keiner mehr... Aiolos hat uns verflucht. Das habt ihr angerichtet mit eurer dummen Habgier! Jetzt seht, wie ihr da herauskommt aus eurem Ungemach. Helft euch selber! Uns bleibt jetzt nur noch der feste Wille zur Heimkehr. Und falls sie uns überhaupt gelingen wird, werden wir alle unsere Kräfte brauchen."

Da setzten sich die Männer bedrückt auf die Ruderbänke. Bald war die schwimmende Insel des Aiolos, auf der nur Frieden und Freude und das Glück zu Hause waren, hinter ihnen verschwunden.

Bei den Laistrygonen zwischen Tag und Nacht

Sechs Tage lang fuhren die zwölf Schiffe durch alle Wetter. Die Männer ruderten unermüdlich. Am siebten Tag ragte vor ihnen eine Insel aus dem Meer, die sehr hoch und sehr steil war. Aber sie entdeckten bald die Einfahrt zu einem Hafen. Die Einfahrt war schmal, und der eigentliche Hafen lag tief im Inneren der Insel.

„Da werden die Schiffe gut geborgen sein", meinten die Männer, „und wir können unbehelligt vom Wetter die Schäden, die der Sturm angerichtet hat, ausbessern."

Elf der zwölf Schiffe steuerten nun durch die Enge in den inneren Hafen und machten dort dicht nebeneinander fest. Nur Odysseus mochte sein Schiff nicht dort anlegen, denn er wollte lieber an der Küste bleiben. Er warf die Taue um einen vorspringenden Felsen und verknotete sie. Dann ging er vom Schiff und stieg hinauf an dem Felsen, um sich umzusehen.

Zwei seiner Männer und einen Herold hatte er auf Kundschaft geschickt, und er sah sie nun da unten landeinwärts gehen. Aber dann bemerkte er von seinem hohen Sitz aus etwas ganz Unbegreifliches! Er meinte zu träumen – aber er konnte nicht ableugnen, was er sah.

Der Tag und die Nacht reichten sich auf dieser Insel die Hände. Sie gingen ineinander über. Wo begann der Tag und wo verging die Nacht? Wo endete der Tag im Anfang der Nacht? Nacht wurde Tag und Tag wurde Nacht, und der Wechsel vom Licht zum Dunkel war wie ein ruhiges, unaufhörliches Atmen.

Hier, dachte Odysseus staunend, kann ja einer, der reich werden will, am Tag arbeiten und auch in der Nacht, dann bekommt er den doppelten Lohn! Freilich nur, wenn er gar keinen Schlaf braucht. Aber vielleicht brauchen die Leute hier keinen Schlaf? Der Hirt, der die Schafe am Abend von der Weide heimbringt in ihren Pferch, kann dem Hirten, der am frühen Morgen sein Vieh auf die Wiesen treibt, einen guten Morgen oder einen guten Abend wünschen. Das bleibt sich gleich. Was für ein Land! Ich weiß nicht, ob ich immer leben möchte zwischen Tag und Nacht... Ich will doch lieber wissen, ob jetzt gerade Tag ist oder Nacht. In Ithaka brauche ich mich danach nicht zu fragen.

Aber da sah er die Kundschafter zurückkehren. Sie mußten in großer Aufregung sein; sie rannten und winkten ihm und stiegen so rasch zu ihm hinauf, daß sie ganz atemlos vor ihm standen. Aber sie waren nur noch zu zweit.

„Wo ist der Herold?" fragte Odysseus. „Was ist geschehen?"

„Tot ist der Herold!" sagten die Männer. „Und wir müssen fliehen, wir müssen sofort auf das Schiff und hinaus aufs Meer! Sonst sind auch wir bald tot!"

Und während sie am Felsen hinabkletterten und ihm hastig berichteten, was sie erlebt hatten, lärmte es aus dem Innern der Insel, als krache eine große Stadt unter einem Erdbeben zusammen.

„Wir sind auf dem Weg in die Stadt an einer Quelle vorbeigekommen", erzählten die Männer. „Aus der Quelle hat eine schöne junge Frau Wasser geschöpft. Sie war aber so riesig und so stark, daß es uns unheimlich war, obwohl sie freundlich mit uns gesprochen und uns auch den Weg gewiesen hat. Sie hat gesagt, sie sei die Tochter des Königs der Laistrygonen, die hier leben, und wir sollten ihren Vater besuchen. Wir sind zum Palast gekommen und hineingegangen. Und in einem Saal ist eine Frau gestanden, die noch viel größer und stärker war als die am Brunnen. Wir haben sie ganz höflich gebeten, uns dem König zu melden. Sie hat uns erstaunt angesehen, die Riesin – sie war die Königin! Sie hat nach ihrem Mann geschrien mit einer Stimme, die lauter war als hundert Trompeten. Dann ist der König durch die Tür hereingekommen und hat genauso erstaunt wie die Königin auf uns heruntergeschaut – und dann hat er, ohne ein Wort zu sagen, die Hand ausgestreckt und hat den Herold gepackt und ihn auf der Stelle aufgefressen mit Haut und Haaren. Wir sind dann weggerannt, so schnell wir konnten, und –"

„Schaut da hinunter!" sagte Odysseus.

Und starr vor Schrecken sahen die Männer jetzt alles, was da unten geschah.

Viele tausend Riesen liefen von überallher beim Hafen zusammen, wo die elf Schiffe der Griechen lagen. Und die Riesen griffen mit den Händen in die Felsklippen und rissen Brocken heraus, die so groß waren wie Häuser, und diese Felsbrocken warfen sie auf die griechischen Schiffe, daß sie zerbarsten und auseinanderbrachen und im Wasser versanken. Jetzt aber wateten die Laistrygonen zwischen den Trümmern der Schiffe herum und packten die jammernden Männer, die sich zu retten versuchten, und spießten die lebenden und die toten Schiffbrüchigen wie kleine Fische auf und verzehrten einen Mann nach dem andern. Keiner von der Besatzung der elf Schiffe entkam diesem schrecklichen Ende! Von den Schiffen blieb nichts als ein paar schwimmende Planken...

„Weg hier!" rief Odysseus. „Aufs Schiff!"

Als er an Bord stand, zog er sein Schwert und hieb die Taue durch, mit denen er das Schiff an den Felsen geknotet hatte. Seine Männer ruderten aus Leibeskräften aufs Meer hinaus.

„Wie klug warst du, Odysseus", sagte einer, „daß du dein Schiff nicht in den inneren Hafen gelenkt hast! Dir danken wir unser Leben..." Seine Gefährten stimmten ihm zu.

So war also von den zwölf Schiffen der Griechen nur das Schiff des Odysseus dem Unheil entronnen. Nur die Besatzung dieses einen Schiffes konnte jetzt noch hoffen, eines Tages nach Hause zu kommen. Sie trauerten um die toten Gefährten und riefen ihre Namen dreimal über das Meer.

Bei Kirke auf Aiaia

Viele hundert Männer waren auf den zwölf Schiffen von Troja abgefahren. Kaum fünfzig Gefährten waren dem Odysseus jetzt noch geblieben. Bisher hatten die Männer von Schiff zu Schiff einander zurufen können. Nun sahen sie sich auf dem letzten Schiff allein in der Weite des Meeres, und ihnen war bang zumute.

Sie schauten immer nach Inseln aus, denn sie brauchten ja Trinkwasser. Und wenn sie auch Fische fangen konnten aus dem Meer, so waren sie doch immer froh, an Land Hasen und Rehe jagen zu können. Darum freuten sie sich auch, als wieder eine Insel vor ihnen lag. Sie war nicht groß, aber bewaldete Höhen zogen sich über sie hin. Das Schiff legte an. Es war ganz still überall. Odysseus war zumute, als habe ein Gott sie zu dieser schönen Insel geführt.

Sie fanden gleich eine Quelle und mischten in das

frische Wasser den Wein aus Ismaros. Aus den Vorräten im Schiff bereiteten sie sich eine Mahlzeit, dann ruhten sie bis zum Morgen am Ufer des Meeres.

So vergingen drei Tage. Sie hatten das Ausruhen nötig. Der Schrecken des letzten Erlebnisses im Land der Laistrygonen saß ihnen noch in den Knochen, und Mut und Hoffnung auf eine glückliche Heimkehr hatten sie fast ganz verlassen. Würden sie Ithaka jemals wiedersehen? Wie sollten sie es überhaupt finden? Sie wußten ja nicht, in welche Meeresgegend sie hier verschlagen worden waren.

Am dritten Tag nahm Odysseus sein Schwert und seine Lanze und ging allein ein Stück landeinwärts in den Wald hinein. Er wollte erkunden, ob die Insel bewohnt war. Als er einen Hügel erklommen hatte, sah er über dem Wald in einiger Entfernung Rauch aufsteigen. Dort lebten also Menschen! Er überlegte, ob er sich gleich dorthin auf den Weg machen sollte, dann aber fand er es dringlicher, zunächst einmal ein paar Hasen oder Rehe aufzutreiben und zu jagen, damit er und seine Männer endlich einmal wieder eine Mahlzeit aus frischem Fleisch zu sich nehmen konnten.

Da trat ihm aus dem grünen Gehölz ein Hirsch in den Weg, ein großes Tier mit einem stolzen Geweih, das wohl auf dem Weg war zum nahen Fluß, seiner Tränke. Ein Gott muß mir das Tier in den Weg geschickt haben, dachte Odysseus. Er schleuderte seinen Speer, der den Hirsch ins Rückgrat traf und auf der anderen Seite wieder herausfuhr. Das Tier warf den Kopf zurück, brüllte auf, stürzte in den Staub des Weges und starb.

Wie aber sollte Odysseus nun dieses mächtige Tier von der Stelle bringen? Es war so groß und schwer, daß er es nicht über die Schulter werfen konnte. Odysseus riß Weidenruten und zähe Ranken aus den Sträuchern ringsum und flocht daraus ein Seil, mit dem er die Läufe des Hirsches zusammenband. So konnte er den Hirsch hochwuchten, mußte sich aber auf seine Lanze stützen, um das gewaltige Tier auf seinem Nacken zum Strand schleppen zu können, wo er es den staunenden Gefährten vor die Füße warf.

„Freunde", sagte er, „wir alle sind traurig, denn wir haben Schlimmes erlebt und die lieben Gefährten verloren. Aber wir sind am Leben geblieben, und wir werden erst sterben, wenn die Götter unseren Tod beschlossen haben. Wir wollen diesen Hirsch braten, den uns ein Gott geschickt hat, und dann wollen wir eine fröhliche Mahlzeit halten und unsere Sorgen vergessen. Das wird uns wieder Mut und Hoffnung geben."

Und sie aßen und tranken, bis die Sonne unterging, und schliefen am Ufer des Meeres.

Am nächsten Morgen sagte Odysseus: „Gestern habe ich von einem Hügel aus Rauch aufsteigen sehen über den Wäldern. Dort irgendwo leben also Menschen. Wir wissen nicht, wo wir hier sind und in welche Richtung wir segeln müssen, um nach Ithaka zu kommen. Vielleicht können uns die Bewohner der Insel den Weg sagen. Wir sind sechsundvierzig Männer – laßt uns zwei Gruppen bilden! Die eine führe ich, die andere Eurylochos. Wir wollen das Los werfen, welche Gruppe landeinwärts gehen und welche hier am Strand bleiben soll, um das Schiff zu bewachen."

Das Los zur Erkundung der Insel traf Eurylochos und seine zweiundzwanzig Männer. Als sich aber die Gruppen trennten, wurde allen Männern der Abschied schwer, und die Furcht vor dem Kommenden bedrückte ihre Herzen. Würden sie einander jemals wiedersehen?

Eurylochos und die Seinen gingen durch den Wald in der Richtung, die Odysseus angegeben hatte. Sie gingen lange, ohne irgendein Zeichen menschlicher Besiedlung zu finden. Dann aber tat sich der Wald auf, und vor ihnen lag im Sonnenschein ein grünes Tal, eine weite Lichtung. Und sie erblickten in einiger Entfernung schöne Häuser, aus denen Rauch aufstieg, und sie gingen auf die Häuser zu.

Plötzlich aber liefen und sprangen von überallher Tiere auf sie zu: wilde Tiere, große Bergwölfe und goldfarbene Löwen! Und die Männer erschraken sehr und wollten vor dem Raubwild zurück in den Wald fliehen. Aber die Tiere fielen die Männer nicht an. Sie wedelten mit den Schwänzen, ließen sich zu ihren Füßen nieder und sahen sie aus großen, verständigen

Augen zutraulich an. Sie waren wie die Hunde zu Hause, die ihren Herrn bei seiner Heimkehr begrüßen. Das beruhigte die Männer. Vielleicht würden die Menschen, die in den Häusern lebten, genauso freundlich sein wie ihre Tiere.

Als sie am Vortor des ersten, besonders schönen Hauses vorbeigehen wollten, hörten sie aus dem Inneren den Gesang einer Frau. Sie blieben stehen und lauschten, und dann sahen sie an einem Fenster eine Frau hin und her gehen, die so schön war wie ihre Stimme und das Lied, das sie sang. Sie arbeitete an einem Webstuhl, an dem ein schöner Teppich aufgespannt war.

„Freunde", sagte einer der Männer, „wie schön singt diese Frau! Vielleicht ist sie eine Göttin, die uns helfen kann. Wir wollen sie rufen, damit sie merkt, daß wir sie begrüßen wollen!"

Und auf den Ruf der Männer hin kam die Frau an die Tür, öffnete weit beide Flügel der Tür und rief: „Kommt herein, Fremde! Ihr seid mir als Gäste herzlich willkommen! Gleich wird eine Mahlzeit für euch auf meinem Tisch aufgedeckt werden."

Die Männer folgten der Einladung und gingen an der schönen, lächelnden Frau vorbei ins Haus hinein. Nur Eurylochos traute weder der Frau noch ihren Worten – er fürchtete eine Falle und versteckte sich. Erst als die Tür hinter den Gefährten zufiel, schlich er sich zum Haus und spähte vorsichtig durch das Fenster.

Er erblickte einen großen, weiten Raum. Überall standen wunderbar gearbeitete Stühle und Sessel und Tische aus kostbarem Holz. Die Männer setzten sich, und die Frau lächelte einen nach dem andern freundlich an. Sie stand an einem Tisch und rührte in einer silbernen Schüssel ein Mus aus Käse und Gerstenmehl und goldenem Honig und Wein. Dann streute sie Kräuter über das Mus, füllte für jeden der Männer einen silbernen Becher mit dem dicken Gebräu und reichte sie ihnen. Alle Männer tranken ihren Becher aus.

Dann aber nahm die schöne Frau eine Rute in ihre Hand und schlug mit der Rute den Männern auf die Schulter. Und Eurylochos sah voller Entsetzen, wie den Männern Borsten wuchsen, als seien sie Schweine. Ihre Köpfe verwandelten sich in die Köpfe von Schweinen. Und jetzt sah Eurylochos nur noch Schweine, wo vorher Männer gewesen waren, und hörte sie quieken und grunzen. Am schlimmsten aber an dieser furchtbaren Verwandlung erschien ihm, daß die Augen, die aus den Schweinsköpfen blickten, Menschenaugen geblieben waren! Der Verstand der unselig Verzauberten hatte nicht gelitten, und ihre Augen blickten voll stummer, hilfloser Trauer.

Die Frau trieb die Schweineherde in Koben und sperrte sie dort ein. Sie warf ihnen Futter vor, Eicheln und Bucheckern. Und grunzend fraßen die Ärmsten das, was Schweine fressen.

5 8976-14

Da machte Eurylochos kehrt und rannte weinend durch den Wald zurück an den Strand. Er vermochte kaum zu sprechen, als die Gefährten ihn umringten. Aber er brachte dann doch, unterbrochen von Stöhnen, seinen Bericht heraus. Alle erstarrten vor Entsetzen und bekamen große Angst.

Aber Odysseus warf sich das Schwert um, nahm seinen Bogen und sagte: „Komm, Eurylochos! Wir müssen die Freunde befreien!"

„Nein!" schrie Eurylochos. „Nein, nie mehr gehe ich dorthin! Ich habe ja gleich gespürt, daß das eine Hexe ist, und einmal habe ich Glück gehabt, das werde ich aber bestimmt nicht wieder haben. Ihr auch nicht! Wer weiß denn, was die Hexe uns noch antun wird? Wir wollen auf das Schiff gehen, und dann fort von dieser bösen Insel!"

„Gut also", erwiderte Odysseus, „wenn du zu feige bist, um den Gefährten zu helfen, dann gehe ich eben allein. Ich kann nicht anders – ich muß es wenigstens versuchen. Lebt wohl!"

Aber wie er dann allein durch den Wald ging, kam ihn der Weg hart an. Was konnte er schon gegen eine Hexe und ihren bösen Zauber tun! Er müßte ja selbst ein Gott oder wenigstens ein Zauberer sein, um ihrer dunklen Macht widerstehen zu können. Ihm wollte nichts einfallen, so sehr er auch grübelte, keine List, gar nichts... Er war sehr bekümmert.

Aber da wurde es plötzlich hell vor ihm auf dem

Waldweg. Ein schöner junger Mann kam ihm entgegen, beglänzt von der Sonne. Er trug goldene, geflügelte Schuhe und hielt in der Hand einen goldenen Stab. Da erschrak Odysseus. Denn er begriff, wer das war, der da auf ihn zukam: es war Hermes! Der Bote des Zeus, der Geleiter der Menschen auf Erden, die er nach ihrem Tod auch in die Unterwelt führt. Und Odysseus blieb stehen vor Hermes und neigte den Kopf.

Als er aufsah, blickte Hermes ihn lächelnd und kopfschüttelnd an.

„Ach, Odysseus", sagte Hermes, „nicht nur die Menschen, auch wir Götter nennen dich doch den Listigen, den Verschlagenen! Du bist doch der, der immer einen kühlen Kopf behält, wenn alle andern den Kopf verlieren. Du bist doch klug und denkst nach, bevor du irgend etwas tust. Und nur, wenn man bedenkt, was man tun will, kann das Tun nützen... Jetzt aber kommst du bewaffnet daher, als zögest du gegen einen Mann in den Kampf. Was willst du denn mit deinen dummen Waffen gegen eine Göttin ausrichten? Denn Kirke ist die Tochter des Sonnengottes Helios, nicht irgendeine Hexe aus irgendeinem Dorf und wahrlich nicht nur ein Kinderschreck!"

„Ich muß aber doch", erklärte Odysseus, „meinen Freunden, die sie verzaubert hat, irgendwie helfen! Ich kann sie doch nicht als Schweine in den Koben hier zurücklassen."

„Das ist löblich, Odysseus", erwiderte Hermes. „Aber dein Schwert wird dir gegen Kirke nichts nützen! Die Göttin wird auch dich in ein Schwein verwandeln, und du wirst niemals heimkommen nach Ithaka."

„Du verspottest mich, Hermes", sagte Odysseus. „Warum wärest du zu mir gekommen auf diesem Weg, wenn du mir nicht helfen wolltest? Du bist nicht gekommen, um mich auszulachen, das kann ich nicht glauben!"

Hermes lächelte. Er spielte mit seinem goldenen Stab, der in der Sonne glänzte, und sagte dann: „Du hast recht, Odysseus. Ich lache dich nur ein bißchen aus, damit du selber wieder lachen lernst! Ich bin gekommen, um dir zu helfen. Aber zuerst –"

Er blickte auf den Wegrand, bückte sich und griff suchend in die Kräuter unter den Sträuchern. Dann zog er mit einem Ruck etwas aus dem Boden und hielt das Kraut in seiner Hand dem Odysseus hin. Es war eine schwarze Wurzel mit einem Blütenbüschel, weiß wie Milch.

„Nimm das", sagte Hermes, „und verwahre es gut! Das Kraut heißt Moly. Es wird dich vor der Macht der Kirke beschützen! Und nun höre mir gut zu und behalte, was ich dir sage, damit du dich gegen die Göttin wehren kannst und nicht zum Schwein wirst, sondern ein Mann bleibst."

„Ich danke dir mehr, als ich sagen kann", erwiderte Odysseus, „und ich will alles tun, was du mir rätst."

„Sie wird auch für dich dieses Mus rühren", sagte Hermes, „das deine Gefährten in Schweine verwandelt hat. Und sie wird auch dich mit ihrer Zaubergerte schlagen wollen. Das Moly wird dich beschützen! Und wenn sie zum Schlag mit ihrer Gerte ausholt, dann kannst du sogar dein Schwert benützen: Ziehe es aus der Scheide und bedrohe sie damit! Sie wird Angst bekommen, wenn sie sieht, daß du ein Mann bleibst, und darum wird sie auch vor deinem Schwert Angst haben. Sie wird dir alles versprechen, was du haben willst. Du mußt von ihr verlangen, daß sie den großen heiligen Eidschwur der Götter ablegt vor dir, daß sie dir also im Namen der Götter verspricht, nichts Böses gegen dich auszuhecken und dir kein Übel anzutun. Sie wird den Eid leisten. Und sie wird dann sehr liebenswürdig zu dir sein, weil du stärker gewesen bist als ihre Hexenkünste und nicht zum Schwein geworden bist wie alle anderen Männer, die ihr bisher begegnet sind. Sie wird dich bewundern, und natürlich wird sie Hochzeit halten wollen mit dir – und das darfst du ihr nicht verweigern. Jetzt habe ich dir gesagt, wie du handeln sollst. Du wirst Macht haben über die Göttin, und daraus wird sich alles andere ergeben, auch die Rettung deiner Gefährten. Leb wohl, Odysseus – bleibe klug!"

Hermes lächelte noch einmal. Dann aber war der Gott, winkend mit seinem goldenen Stab, auf seinen Flügelschuhen schon wieder zwischen den Bäumen im

Dickicht des Waldes verschwunden.

Odysseus ging weiter, immer noch bang vor dem, was ihn erwarten würde bei der Zauberin, aber doch ermutigt. Immer wieder faßte er das Kraut an, das Hermes ihm zum Schutz gegen den Zauber gegeben hatte.

So kam er an die weite Lichtung im Wald und sah die schönen Häuser vor sich liegen. Und die Bergwölfe und Löwen, von denen Eurylochos erzählt hatte, liefen auf ihn zu und wedelten mit den Schwänzen und sahen ihn aus ihren Menschenaugen ernst und freundlich an. Gewiß waren diese zahmen Raubtiere auch einmal tapfere Männer gewesen, bevor sie dem Zauber der Kirke erlegen waren.

Endlich stand er vor dem großen Haus der Göttin und ging durch das Tor über den Hof und blieb vor der Tür stehen und rief. Da öffnete sich die Tür, und vor ihm stand eine Frau, die so schön war, wie er nie eine gesehen hatte. Und er spürte, wie ihm das Herz klopfte durch den unerwarteten Anblick so großer, überwältigender Schönheit! Er wußte nichts zu sagen.

Aber die Frau lächelte und sagte freundlich: „Sei willkommen, Fremder! Komm herein. Ich will dich bewirten."

Stumm folgte er ihr in einen großen, prächtig ausgestatteten Raum. Sie wies auf einen Stuhl, der mit silbernen Nägeln beschlagen war, und darunter stand ein Schemel für die Füße. Odysseus setzte sich und sah zu, wie die Göttin das Mus rührte und die Zauberkräuter hineinwarf. Dann füllte sie einen goldenen Becher mit dem Mus und hielt ihn Odysseus hin. Odysseus nahm den Becher, setzte ihn an den Mund und sah, während er ihn austrank, ernst in die Augen der Göttin.

Ihr Lächeln verschwand, als sie bemerkte, daß ihm keine Borsten wuchsen, daß sein Kopf nicht zu einem Schweinskopf wurde, daß er nicht zu grunzen begann. Sie nahm ihre Rute, um ihn zu schlagen, aber ihre Stimme zitterte, als sie sagte: „Auf! Zu den anderen Schweinen in den Stall mit dir! Sie warten schon auf dich!"

Da zog er sein Schwert aus der Scheide und schwang es gegen sie, als wolle er sie töten. Sie erschrak, fiel vor ihm nieder und umfaßte weinend seine Knie und sagte: „Wer bist du, Schrecklicher, und wie kommst du hierher, wer sind deine Eltern und wie heißt dein Heimatland? Jeder Mann, dem ich dieses Mus mit den Kräutern zu trinken gab, ist zum Schwein geworden. Kein Mann, kein einziger, hat bisher meinem Zauber widerstehen können! Das ist noch nie geschehen, noch niemals. Du aber, Schrecklicher, bist durch Kirke nicht zu verzaubern. Du kannst nur Odysseus sein. Denn Hermes hat mir immer gesagt, eines Tages würde Odysseus auf seiner Heimfahrt nach Ithaka zu mir kommen, und alle meine Zauberkräuter würden mir nichts helfen gegen ihn. Sei also willkommen, Odysseus, und umarme mich, damit wir einander kennenlernen und vertraute Freunde werden."

Aber Odysseus schob sie weg von seinen Knien. Er schüttelte den Kopf und sagte: „Nein, Kirke, so einfach geht das nicht. Wie kannst du nur denken, daß ich dein Freund sein will? Du hast mit deinen Zauberkräutern meine lieben Gefährten in Schweine verwandelt und hast auch mich zum Schwein machen wollen! Du fürchtest dich jetzt, weil ich ein Mann geblieben bin, aber du tust nur so, als wollest du meine Freundin sein. Du willst nur, daß ich dir blind vertraue, damit du mich auf irgendeine Art doch in deine Macht bekommst! Du lächelst mich an und tust schön mit mir, damit mein Herz dir gegenüber weich wird, damit ich mein Schwert wieder in die Scheide stecke und du mich dann um so sicherer vernichten kannst. Ich werde dir aber nicht vertrauen, und ich werde nicht dein Freund sein, wenn du mir nicht hier und jetzt den großen Eid der Götter schwörst, daß du mir niemals etwas Böses antun wirst."

Und Kirke schwor den großen Eid der Götter und versprach, ihm nur Gutes und niemals etwas Böses tun zu wollen.

„Aber jetzt", fuhr sie fort, „mußt du mir auch wirklich vertrauen. Wir wollen eine schöne Hochzeit halten und sehr glücklich miteinander sein!"

So geschah alles, wie Hermes vorausgesagt hatte, und Odysseus feierte seine Hochzeit mit der Göttin.

Kirke wurde von Nymphen bedient, die von den

Quellen und Flüssen der Insel stammten und sehr hübsch und anmutig waren. Odysseus sah ihnen vom Lager aus zu, wie sie das Mahl zubereiteten und wie sie hin und her gingen durch die weite Halle. Sie legten weiche, dunkelrote Decken über die Stühle, sie stellten goldene Körbe auf die silbernen Tische, sie mischten in einem silbernen Krug gelben Wein und setzten goldene Becher zu den Gedecken.

Eine Nymphe zündete unter einem schönen Dreifuß Feuer an und hängte einen Kupferbottich mit Wasser über das Feuer, um ein warmes Bad für Odysseus vorzubereiten. Dann begleitete sie ihn zur Wanne und goß ihm eine duftende Flüssigkeit über Kopf und Schultern, die ihn erquickte und stärkte. Die Nymphe wusch ihn, trocknete ihn ab und salbte ihn mit feinem Öl, dann reichte sie ihm Wäsche und legte ihm einen schönen Mantel über die Schultern. Und schließlich führte sie ihn zum Tisch und schob ihm einen Lehnstuhl hin, der mit silbernen Nägeln beschlagen war, und einen Schemel für die Füße.

Eine andere Nymphe brachte Wasser in einer goldenen Kanne und goß es ihm über die Hände in eine silberne Schüssel. Dann wurden die Speisen auf den Tisch gestellt, die alle sehr gut dufteten und einladend aussahen. Aber Odysseus hatte keinen Appetit. Er hatte keinen Hunger, er hatte keine Lust zu essen, er mochte nichts trinken. Er saß an dem gedeckten Tisch und grämte sich.

Als Kirke sah, daß er bekümmert am gedeckten Tisch saß und nichts aß und nichts trank, kam sie zu ihm und sagte: „Was ist dir, Odysseus, warum rührst du das Essen nicht an, warum stärkst du dich nicht mit dem Wein? Du mußt doch Hunger und Durst haben! Oder hast du Angst, ich hätte dir Gift in die Speisen gemischt? Wie kannst du das meinen! Ich habe dir doch geschworen, daß ich dir nichts Böses tun will!"

Odysseus sah stumm zu ihr auf. Dann sagte er: „O Kirke! Wie kannst du nur denken, daß ich die guten Speisen essen und den goldenen Wein trinken möchte, solange meine lieben Gefährten noch als Schweine im Koben grunzen und Eicheln und Bucheckern fressen müssen! Wenn ich mir deine Mahlzeit schmecken lassen soll, dann mußt du erst die Schweine wieder zu den tapferen Männern machen, die ich als meine guten Freunde kenne!"

Da nahm Kirke die Rute und ging aus dem Saal hinüber zu den Schweineställen und öffnete ihre Türen und trieb die Schweine heraus, so daß diese einander in zwei Reihen gegenüberstanden. Kirke ging zwischen ihnen hin und her und bestrich jedes Schwein mit ihrem Zauberkraut. Plötzlich fielen die Borsten ab – und aus den Schweinsköpfen wurden wieder die Köpfe und die Gesichter der Männer, die Odysseus so lange vertraut waren. Nur waren die Gefährten jetzt noch viel schöner und größer und jünger als vor ihrer Verzauberung.

Da standen sie nun und liefen auf Odysseus zu und umarmten ihn. Und er umarmte die Männer. Und keiner wußte, ob er nun lachen oder weinen sollte, so lachten und weinten sie durcheinander vor Freude und Erleichterung über die Erlösung aus dem bösen Bann und wußten gar nicht, was sie nun sagen sollten, da sie doch endlich wieder wie Menschen miteinander reden konnten.

Auch Kirke traten die Tränen in die Augen, als sie die Freude der Männer sah. Als sich nun alle ein wenig beruhigt hatten, sagte sie zu Odysseus: „Auf jetzt, Lieber! Geh zum Meer und laß von deinen Männern dort das Schiff an den Strand ziehen. Dann schafft die Vorräte und all euer Hab und Gut aus dem Schiff in die Höhlen, die gleich an der Küste liegen, damit alles gut und sicher aufgehoben und verwahrt ist. Und dann komme rasch mit all deinen Gefährten wieder hierher! Ihr sollt eine Weile bei mir ausruhen und euch erholen von dem vielen Schlimmen, das ihr im Krieg und auf eurer Fahrt habt erleiden müssen."

Rasch ging Odysseus durch den Wald ans Meer zu seinem Schiff. Eurylochos und seine zweiundzwanzig Männer trauten ihren Augen nicht, als sie ihn kommen sahen! Sie hatten kaum mehr gehofft, ihn und die Gefährten jemals wiederzusehen, und freuten sich jetzt so sehr über seinen Anblick, als seien sie schon in der Heimat angekommen und ihre Frauen und Kinder breiteten die Arme aus, um die so lange Entbehrten ans Herz zu drücken! Dann aber bestürmten sie Odysseus mit Fragen nach allem, was er erlebt hatte, und nach dem Ergehen ihrer verzauberten Gefährten.

„Beruhigt euch, Freunde", sagte Odysseus. „Wir wollen zuerst unser Schiff fest auf das Land ziehen und unser Hab und Gut in den Höhlen sicher verstecken. Dann aber gehen wir wieder durch den Wald zum schönen Haus der Göttin Kirke, und die Gefährten selbst werden euch erzählen, wie es ihnen ergangen ist. Denn alle sind wohlauf, und sie warten auf euch, um das Freudenmahl zu halten. Wir werden uns hier auf dieser schönen Insel als Gäste der Göttin eine Weile erholen von unseren Mühen und uns stärken für die Heimfahrt nach Ithaka."

Eurylochos aber, der Odysseus haßte, rief laut: „Männer, glaubt ihm kein Wort! Bleibt bei mir und folgt ihm nicht! Wenn ihr mit ihm geht, wird die Hexe auch euch zu Schweinen machen oder zu Wölfen und Löwen, die ihr das Haus bewachen müssen, ob sie wollen oder nicht. Wer ist denn schuld an all dem Schlimmen, das wir erlebt haben, seit wir von Troja abgefahren sind? Wer anders als Odysseus! Er allein ist schuld am Tod der Männer, die von den Kikonen, von Polyphem und den Laistrygonen umgebracht worden sind! Immer wieder bringt er durch seine Einfälle unser Leben in Gefahr! Geht nicht mit ihm, er soll allein gehen, wenn er ein Schwein werden will."

Odysseus wurde sehr zornig und wollte sein

Schwert ziehen, um Eurylochos den Kopf abzuschlagen.

Aber die Gefährten hielten ihn zurück und sagten: „Laß ihn doch reden. Wenn er zu feige ist, mit uns zu kommen, soll er doch hierbleiben und das Schiff bewachen; wir brauchen ihn nicht. Wir wollen dir folgen, Odysseus."

Und sie machten sich auf den Weg durch den Wald. Nach einer Weile bemerkten sie, daß Eurylochos ihnen folgte. Er mochte sich fürchten, allein am Strand zu bleiben, oder die Neugier mochte ihn treiben; jedenfalls kamen bald alle zusammen beim Haus der Kirke an.

Das war ein glückliches Wiedersehen mit Lachen und Weinen und Fragen und Erzählen! Und gar sehr wunderten sich die Männer, die beim Schiff geblieben waren, wie groß und jung und schön jetzt die Entzauberten waren. Aber immer wieder dachten alle an die Gefährten, die ihr Leben verloren hatten und sich nicht mit ihnen freuen konnten, und sie fragten sich, ob sie selbst denn wirklich eines Tages glücklich in der Heimat ankommen würden...

Kirke hörte, was sie redeten, unterbrach sie und sagte zu ihnen: „Redet jetzt nicht mehr von dem Schlimmen, das ja vergangen ist und an dem ihr nichts mehr ändern könnt! Quält euch nicht wegen der toten Freunde und auch nicht wegen der Heimfahrt; wenn es soweit ist, werde ich euch gewiß helfen können.

Jetzt aber müßt ihr euch erst einmal ausruhen und erholen, damit ihr auch genug Kräfte habt für die Heimfahrt! Ihr seid ja ganz hager und abgezehrt. Darum setzt euch an die Tische zum Essen und laßt es euch schmecken und erheitert euer Herz durch den goldenen Wein! Dankt den Göttern und freut euch am Leben, das sie euch bis heute geschenkt haben. Ihr müßt auch jetzt nicht mehr im schwankenden Schiff oder auf dem harten Strand schlafen – ihr habt da drüben schöne Wohnungen mit weichen Betten. Und in eurem langen ruhigen Schlaf werden euch schöne Träume besuchen!"

Da setzten sich die Männer fröhlich an die Tische, die von den hübschen Nymphen gedeckt worden waren, und sie aßen und tranken, soviel sie wollten und konnten. In der Nacht suchten sie ihre bequemen Wohnungen auf und schliefen in ihren weichen Betten bis zum Morgen, von schönen Träumen besucht.

So gingen die Tage und Nächte hin und wurden zu Wochen, und die Männer erholten sich allmählich von den Mühen und ihrer Erschöpfung. Es ging ihnen gut. Sie brauchten sich nicht um die Beschaffung von Fleisch und Wasser zu kümmern, sie brauchten nicht die Segel zu setzen, sie mußten nicht rudern im aufgebrachten Meer, kein böser Wind und kein Sturm waren zu fürchten. Niemand wollte ihnen Böses. Kirke und ihre hübschen Nymphen waren freundlich zu ihnen. Die Tische waren mit guten Speisen beladen,

der goldene Wein floß in ihre Becher, und die Sonne schien jeden Tag am blauen Himmel.

Aber nun waren nicht nur Wochen vorübergegangen auf der schönen Insel, sondern schon fast alle Monate eines ganzen Jahres. Die Gefährten des Odysseus begannen unruhig zu werden und fragten sich, ob denn ihr Anführer für immer hier bleiben wollte? Ob er denn gar nicht mehr an die Heimfahrt dächte, ob er Ithaka im Haus der schönen Göttin denn ganz und gar vergessen hätte?

Und sie sprachen ihn an, wenn sie ihn einmal trafen, und fragten ihn: „Odysseus, hast du denn unsere Heimat, hast du deine Frau und deinen Sohn und deine Eltern und dein Volk vergessen und dein väterliches

Haus? Denke endlich wieder daran, daß wir auf der Heimfahrt nach Ithaka waren, als wir an dieser Insel gelandet sind! Wir alle wollen nach Hause! Willst du denn für immer hier bleiben? Dann werden wir versuchen, ohne dich weiterzufahren!"

„Ach, Freunde", sagte Odysseus, „wie könnte ich Ithaka vergessen! Auch ich will nach Hause wie ihr. Aber noch immer hat mir die Göttin nicht den Weg in die Heimat gewiesen."

„Dann erinnere sie daran!" sagten die Männer. „Dein Wort gilt viel bei ihr, und du bist lange genug bei ihr geblieben."

„Ich will sie bitten", sagte Odysseus.

Und eines Abends gab er sich nicht mehr damit zufrieden, daß Kirke ihm, wie immer, auf seine Frage erwiderte, er möge sich doch noch etwas gedulden, sie werde ihm den Weg ganz gewiß sagen. Sie hatte Odysseus liebgewonnen und wollte nicht, daß er sie und ihr Haus und die Insel verließe. Sie wollte ihn für immer bei sich behalten.

Jetzt aber ließ er sich nicht mehr wie bisher auf den nächsten Tag vertrösten, sondern sagte zu ihr: „Kirke, du hast mir versprochen, mir den Weg nach Ithaka zu weisen, und du mußt dein Versprechen jetzt endlich einlösen. Meine Gefährten wollen nach Hause! Sie bedrängen mich, sie wollen nicht länger hier bleiben. Sie sehnen sich nach ihren Frauen und Kindern und ihrem eigenen Heim! Halte jetzt Wort und sage mir sogleich, wie wir von hier aus nach Ithaka kommen können."

„Lieber Odysseus", erwiderte Kirke, „dein Verlangen macht mich traurig... Aber wenn es sein muß und wenn du mit deinen Gefährten jetzt nach Hause fahren willst, will ich euch nicht länger gegen euren Willen bei mir behalten. Nun muß ich dir aber auch sagen, daß dir von den Göttern noch eine schwere Prüfung auferlegt ist, bevor ihr nach Ithaka heimkehren könnt. Du mußt nämlich vorher in die Unterwelt gehen, in das Reich der Toten, den Hades. Dort mußt du den Seher Teiresias befragen, der alles weiß, obwohl er tot ist. Er wird dir sagen, was du wissen mußt, um glücklich heimzukehren."

Odysseus erschrak sehr. Denn nie hatte er gehört, daß ein Lebender hinuntergegangen wäre zu den Toten, um mit ihnen zu sprechen. Er bekam solche Angst, daß er fast lieber gestorben wäre, als diese Reise auf sich zu nehmen. Aber er dachte an Ithaka, er dachte an Penelope, an Telemach, an seine Eltern und an die Gefährten, die er nach Hause bringen mußte, und fragte die Göttin: „Sage mir, wer wird mich denn da führen auf diesem Weg in das Reich der Toten? Dort ist doch noch nie ein Lebender gewesen – wie soll denn ich Armer den Weg dorthin finden?"

„Mach dir darüber keine Gedanken", erwiderte Kirke. „Geh auf dein Schiff und lasse den Mastbaum aufstellen und die Segel spannen und setze dich ruhig auf die Bank. Ein Nordwind wird dein Schiff über das Meer tragen bis zum Okeanos, dem tiefen Strom, bis zu den flachen Ufern des Hades mit den hohen Pappeln und Weiden. Dort laß das Schiff auffahren und gehe weiter, bis du zu einem Felsen kommst, wo die beiden Ströme des Totenreichs ineinanderfließen. Dort grabe eine Grube und gieße in die Grube als Weihegabe für die Toten ein Gemisch aus Honig und weißer Gerste und Wasser und Wein. Und sprich laut zu den Toten und sage ihnen, daß du ihnen nach deiner Heimkehr dein bestes Rind opfern willst. Dem Seher Teiresias aber, der dir helfen soll, versprich zum Opfer einen schwarzen Schafbock. Wenn du die Toten angefleht hast, dann opfere in der Grube ein männliches und ein weibliches Schaf. Kannst du das alles behalten?"

Odysseus nickte, und Kirke fuhr fort: „Wenn dann das Blut der Schafe in die Grube fließt, dann mußt du dich dem Fluß zuwenden und dich neben die Grube setzen und dein Schwert aus der Scheide ziehen. Denn viele, viele Tote werden kommen, angelockt von dem warmen Blut, und sie werden aus der Grube trinken wollen. Aber du darfst sie nicht trinken lassen! Du mußt sie abwehren mit deinem blanken Schwert, bis Teiresias zu dir kommt und du ihn befragt und von ihm Antwort bekommen hast. Dann erst darfst du auch die andern Toten von dem Blut trinken lassen. Du kannst mit ihnen sprechen und sie nach ihrem Leben und nach ihrem Sterben fragen. Wenn du erfahren hast, was du wissen willst, dann verlasse den Hades, geh zurück auf dein Schiff, das dich hierher zurücktragen wird. Und dann will ich dir und deinen Gefährten die Heimfahrt gut ausrüsten."

Kirke reichte dem Odysseus seinen Mantel. Dann zog sie selbst ein weites, schimmerndes Kleid über und schlang einen goldenen Gürtel über die Hüften.

Und Odysseus ging zu den Wohnungen der Gefährten und rief: „Kommt, Freunde, kommt! Wir müssen zum Schiff! Die Göttin Kirke hat uns gesagt, was wir jetzt zu tun haben."

Da liefen die Männer alle voller Freude zusammen, denn sie meinten, der Aufbruch nach Ithaka stehe bevor. Sie ließen alles stehen und liegen, wie es gerade war. Der Jüngste der Gefährten, Elpenor, hatte auf dem Dach geschlafen, als der Ruf des Odysseus ihn weckte. Er vergaß, wo er war; er sprang auf und wollte rennen wie die andern, aber bei seinem ersten Schritt auf dem Dach trat er ins Leere, stürzte hinunter und brach sich beim Sturz das Genick. Tot lag er da zwischen seinen Freunden...

Das war ein arger Schreck für die Männer. Aber sie erschraken noch mehr, als Odysseus jetzt sagte: „Noch geht es nicht nach Hause, meine Freunde. Die Herrin Kirke hat mir gesagt, daß wir zuerst in das Reich der Toten fahren müssen, um vom Seher Teiresias den Weg in die Heimat und alles, was uns sonst zu wissen not tut, zu erfragen. Dann aber will sie unser Schiff ausrüsten für die glückliche Heimkehr."

Das schien den Männern ein allzu hoher Preis zu sein für eine Wegweisung, daß sie zuerst zu den Toten hinab müßten, wo doch noch nie ein Lebender gewesen war. Aber das Klagen half ihnen nichts. Jeder wollte nach Hause; so mußten sie wohl alle diese Prüfung auf sich nehmen.

Traurig gingen sie zum Schiff. Kirke begleitete sie, die Schafe treibend, die Odysseus im Hades opfern sollte.

Im Hades, dem Reich der Toten

Es kam dann auch alles so, wie Kirke gesagt hatte. Der Wind trieb das Schiff, und die Männer saßen untätig auf den Ruderbänken, während der Tag verging. Schließlich versank die Sonne im Meer, der Himmel wurde schwarz, und Dunst und Nebel wallten über das schwarze Wasser. Schließlich hörten sie, wie das Schiff knirschend auf dem Sand auflief. Sie waren angekommen im Land der Kimmerer, wo niemals die Sonne scheint.

Die Männer stiegen aus und gingen mit den Opfertieren lange am dunklen Ufer entlang, bis sie zum Felsen beim Zusammenfluß der Ströme kamen. Odysseus höhlte die Grube aus, mischte den Weiheguß und versprach den Toten reiche Opfer und bat sie, ihm beizustehen. Dann hielt er die Schafe über die Grube und durchschnitt ihre Hälse mit seinem Schwert.

Das Blut strömte in die Grube. Und schon kamen die Seelen der Toten; sie schwärmten von überall her. Sie kamen in Scharen: junge Mädchen und Greise, Soldaten, Mütter, Bauern, Kinder. Und alle gingen um die Grube herum und weinten und flehten, weil sie von dem Blut trinken wollten. Odysseus fürchtete sich sehr, aber er saß mit dem gezogenen Schwert an der Grube und wehrte die kraftlosen, jammernden Seelen von dem frischen Lebensblut ab.

Aber da kam einer, den er kannte, den er gestern noch gesehen hatte, der junge Elpenor, der vom Dach in den Tod gestürzt war.

„Elpenor!" rief Odysseus. „Du bist ja zu Fuß rascher hierhergekommen als wir auf dem schnellen Schiff!"

„Ach, Odysseus", erwiderte Elpenor, „wie schlimm ist es mir ergangen! Warum hat mir das geschehen müssen? Jetzt bin ich hier unten, und ihr, meine Freunde, ihr habt mich vergessen... Ihr habt meinen Leib nicht begraben, noch liegt er da, wo ich vom Dach gestürzt bin, und ihr habt auch nicht um meinen Tod geklagt. Versprich mir jetzt, daß ihr nach eurer Rückkehr auf die Insel alles tun werdet, was recht ist. Verbrennt mich mit all meinen Waffen und setzt auf meinen Grabhügel am Ufer des Meers das Ruder, das ich auf dem Schiff geführt habe, als ich noch lebte."

Odysseus versprach ihm, daß alles geschehen würde, wie er es wünschte, und dann redeten sie traurig über manches, das sie miteinander erlebt hatten. Aber immer hielt Odysseus das Schwert über die Grube und ließ auch Elpenor nicht vom Blut trinken.

Dann erkannte Odysseus unter den Schatten die Gestalt seiner Mutter. Er weinte, als er sie sah, und er weinte noch mehr, weil sie ihn nicht erkennen konnte. Auch sie drängte heran an die Grube, und auch sie mußte er abwehren mit seinem Schwert.

Endlich trat auch Teiresias aus den Schwärmen der Toten heraus. Er trug ein goldenes Zepter und rief Odysseus an: „Odysseus, was willst du hier? Was suchst du, Lebender, in unserm traurigen Land? Tritt jetzt zurück von der Grube und stecke dein Schwert in die Scheide! Ich will vom Blut trinken. Dann kann ich dir genau und wahrhaftig alles sagen, was du wissen willst."

Und als er getrunken hatte, fuhr er fort: „Du willst den Weg nach Ithaka von mir erfahren. Er wird dir sehr hart werden, Odysseus! Poseidon will dich vernichten, weil du Polyphem geblendet hast; darum wirst du noch viel Schlimmes erdulden müssen. Sieh dich vor auf Thrinakia, der Insel des Helios, wo seine heiligen Tiere weiden! Ihr dürft den Rindern und Schafen nichts tun, auch wenn euer Hunger nach frischem Fleisch noch so groß ist. Achte auf deine Gefährten, gib ihnen strenge Befehle. Wenn ihr die Tiere verletzt oder gar schlachtet, wird das Verderben über euch kommen! Du magst dein Leben behalten, aber alle deine Männer werden sterben. Dein Leiden wird auch noch nicht zu Ende sein, wenn du heimkehrst nach Ithaka. Denn dort verprassen die Freier um Penelope, die dich tot wähnen, deinen ganzen Besitz. Du wirst sie töten müssen. Erst dann wird dir Ruhe und Frieden in der Heimat werden. Nun habe ich dir alles gesagt, was du wissen mußt."

„So ist es wohl der Wille der Götter", erwiderte Odysseus, „und ich danke dir für deine Weisung. Sage mir aber bitte: Warum erkennt mich die Seele meiner Mutter nicht, da ich doch ihr Sohn bin?"

„Laß sie vom Blut trinken", erwiderte Teiresias, „dann wird sie dich erkennen und zu dir sprechen! Jede Seele, die du jetzt aus der Grube trinken lassen wirst, kann dir sagen, was du erfahren möchtest. Wen du aber nicht trinken läßt, der wird weggehen und dich nicht mehr belästigen."

Mit diesen Worten wandte Teiresias sich ab und verschwand unter den Scharen der Seelen.

Odysseus winkte der Mutter, und sie kam zur Grube und trank von dem Blut. Da erkannte sie endlich den Sohn und sagte: „Ach, mein Kind, wie kommst du denn hierher, da du doch noch am Leben und nicht tot bist wie ich? Das muß schwer für dich sein, ins Land der Toten hinabzusteigen und uns alle zu sehen. Bist du denn immer noch nicht nach Ithaka heimgekehrt zu deiner Frau und deinem Sohn, nach dem langen Krieg um Troja?"

„Liebe Mutter", erwiderte Odysseus, „seit dem Sieg über Troja irre ich mit meinen Gefährten über das Meer. Viel Schlimmes haben wir erleben müssen. Ich bin zu euch gekommen, um von Teiresias zu erfahren, was ich für die Heimfahrt wissen muß. Warum aber bist du denn gestorben? Lebt mein Sohn, lebt Penelope noch, und ist sie mir treu? Und wie geht es dem Vater?"

„Die Sehnsucht nach dir, mein Sohn", sagte die Mutter, „hat mir den Mut zum Leben und alle Freude genommen. Ohne deine Liebe und ohne deine Klugheit mochte ich nicht länger leben. Dein Vater wohnt auf dem Land wie ein armer Knecht. Auch ihm ist die Freude am Leben vergangen, weil du noch nicht heimgekehrt bist. Er meint, du seist tot. Und auch deine Frau und dein Sohn haben kaum mehr Hoffnung auf ein Wiedersehen. Dein Sohn will dein Reich verwalten, wie es recht ist, aber das wird ihm sehr schwer gemacht, und er ist ja auch noch so jung. Wie soll er sich denn wehren gegen die vielen Männer, die in deinem Haus von deinen Gütern leben? Sie werben um Penelope und sind ganz schamlos. Penelope ist dir treu, aber sie weiß sich nicht mehr zu helfen, und Tag und Nacht weint sie aus Sehnsucht nach dir."

Odysseus wollte die Seele seiner Mutter liebevoll umarmen, aber er konnte sie nicht in die Arme nehmen, sie war ja nichts als ein Schatten. Er weinte. Sie aber tröstete ihn und sagte: „Geh weg von hier, lieber Sohn, geh hinauf, wo die Lebenden sind und wo die Sonne auf die Erde scheint – geh dorthin, wo die Menschen, die sich lieben, einander umarmen können. Wir Toten sind nichts als fliegende Schatten, wie Träume…"

Und dann schwand auch die Mutter hin wie Teiresias, und er sah sie nicht mehr. Aber jetzt drängten an die Grube viele Seelen, von denen man immer noch sprach auf der Erde. Zuerst schöne Frauen, die Götter und Helden geliebt und Kinder von ihnen empfangen hatten, und alle berichteten ihm von ihrem Leben.

Dann trat die Seele des Agamemnon aus den Schatten. Er war der Anführer aller griechischen Feldherren vor Troja gewesen in den zehn Jahren des Krieges. Agamemnon erkannte seinen alten Kampfgefährten und weinte und breitete seine Arme nach Odysseus aus, um ihn zu umfangen. Doch er hatte hier unten alle Kraft verloren. Auch Odysseus mußte weinen, wie sie da an der Grube mit dem Blut einander so hilflos gegenüberstanden.

„Du höchster Feldherr vor Troja", fragte Odysseus, „wie hat denn dich der Tod bezwingen können? Hat auf der Heimfahrt Poseidon dein Schiff zerstört, oder haben dich Feinde erschlagen in einem fremden Land?"

„Ach, kluger Odysseus", erwiderte Agamemnon, „mich hat nicht der Gott des Meeres und auch nicht der

Feind im fremden Land in den Hades geschickt. Mich haben mein Weib Klytaimnestra und der Aigisthos, mit dem sie gelebt hat, während wir kämpften vor Troja, am Tag der Rückkehr in die liebe Heimat erschlagen in meinem eigenen Haus. Und nicht nur mich, auch die Priamostochter Kassandra, die Seherin, die ich mitgeführt hatte aus Troja, und auch meine anderen Gefährten haben sie hinterrücks ermordet. Viel Schlimmes haben wir im Krieg erlebt, du und ich – aber der Anblick jenes Tages in meinem Haus hätte dich ärger gepeinigt als alles, was wir auf dem Schlachtfeld sahen. Mein Weib hat mich im Bad gefangen in einem großen Netz, in das ich ganz verstrickt war, und dann haben sie und Aigisthos mit Äxten und Schwertern auf uns eingeschlagen, bis wir alle tot waren und der Boden überall besudelt war mit unserem Blut. Mein Weib hat mir nicht einmal den Mund geschlossen und die Augen zugedrückt, als ich tot war, wie es sich doch gehört. Sie hat sich abgewandt von mir, als Hermes mich und die anderen Erschlagenen hierher geführt hat, wo du mich nun wiedersiehst. Ich hatte gemeint, sie würde mich freudig und jubelnd über unseren Sieg daheim empfangen, aber sie hat mich verraten und feige ermordet. Das ganze weibliche Geschlecht hat sie damit für alle Zeit in bösen Verruf gebracht!"

„O nein!" rief Odysseus. „Wie hat das geschehen können, daß ihr beiden Söhne des berühmten Atreus durch trügerische Weiber so Schlimmes habt erfahren müssen! Wie viele gute Männer sind gestorben vor Troja, weil die Frau deines Bruders Menelaos, die schöne Helena, so treulos war und ihm davongelaufen ist mit Paris. Und dich hat das eigene Weib bei deiner siegreichen Heimkehr ermordet..."

„Sieh dich vor, kluger Odysseus", erwiderte Agamemnon, „und lerne aus dem, was den Söhnen des Atreus geschah. Vertraue niemals einer Frau, erzähle keiner alles, was du weißt, nur das eine oder andere. Das Wichtige behalte immer für dich. Dir aber wird nichts Böses geschehen von deiner Frau, denn gut und einsichtig und auch verständnisvoll ist Penelope. Du hast die Arme verlassen müssen, als sie ihr Kind noch auf dem Arm trug – wie wird sie dich entbehren! Aber ihr werdet euch wiedersehen und glücklich miteinander leben. Nur eines laß dir raten, lieber Odysseus: Lege mit deinem Schiff heimlich auf Ithaka an, damit keiner erfährt, daß du da bist – denn man weiß nie! Sage mir aber doch bitte, was weißt du von meinem lieben Sohn Orestes? Er muß noch droben auf der Erde sein. Hier unten ist er nicht."

„Wie gerne würde ich dir etwas sagen", erwiderte Odysseus, „aber ich weiß nichts von ihm. Und Leeres mag ich nicht reden."

Da ging Agamemnon betrübt weg von der Grube. Jetzt aber sah Odysseus den Achilleus kommen, den berühmtesten Helden der Griechen.

Auch er trank von dem Blut und rief: „Du listiger

Odysseus! Dir fällt doch immer wieder etwas Neues ein, und alles gelingt dir, was du dir ausdenkst in deinem klugen Kopf. Sogar in den Hades gelangst du. Was hast du denn im Sinn, daß du hinabgestiegen bist zu uns müden Schatten? Hat dich die Neugier getrieben?"

„Ach nein, du Strahlendster unter den Griechen", erwiderte Odysseus. „Nicht die Neugier trieb mich hierher, sondern der Wille der Götter. Ich mußte Teiresias treffen, um ihn zu befragen, wie ich denn endlich heimgelangen kann nach Ithaka. Seit unserm Sieg über Troja irre ich über die Meere. Ich habe viel Schlimmes erlebt. Vielleicht finde ich jetzt durch den Rat des Teiresias endlich zurück in die Heimat. Was für ein glücklicher Mann bist du auf Erden gewesen, Achilleus! Wie einen Gott haben wir Griechen dich verehrt, und gewiß bist du ein strahlender Herrscher auch hier im unteren Reich."

„Lieber", sagte Achilleus, „du meinst es ja gut, aber du kannst mich nicht trösten darüber, daß ich das Licht der Sonne nie mehr sehen werde! Lieber möchte ich da droben als niedriger Knecht arbeiten, als herrschen hier unten im Hades. Aber sage mir doch, wie geht es meinem Sohn Neoptolemos? Ist auch er in den Krieg gezogen? Und wie geht es meinem Vater Peleus? Könnte ich doch nur den Meinen da droben beistehen in ihrem Leben!"

„Von deinem Vater weiß ich nichts", erwiderte Odysseus, „aber deinen Sohn habe ich selber nach Troja gebracht. Und wenn wir Älteren beraten haben, was nun als nächstes zu tun sei, so ist er immer bei uns gesessen im Rat. Er sprach und entschied gemeinsam mit uns, und niemals hat er sich geirrt. Er hat auch immer ganz vorne gekämpft und viele Trojaner getötet. Als wir dann alle im hölzernen Pferd saßen in großer Angst, ob unser Anschlag gelingen würde, hat dein Sohn keine Angst gezeigt und nicht gezittert wie mancher andere unserer Tapferen. Als Troja endlich vernichtet war, hat Neoptolemos unverletzt sein Schiff bestiegen und ist mit reicher Beute heimgekehrt."

Da freute sich Achilleus, als er von seinem Kampfgefährten so Gutes hörte über seinen Sohn. Leichtfüßig wie damals droben auf der Erde ging er die Wiesen des Hades hinab. Und Odysseus sah ihm nach, bis er zwischen den Schatten im Dunkel verschwand.

Andere griechische Kämpfer drängten heran und berichteten und ließen sich berichten. Odysseus erblickte viele berühmte Männer: den Minos, der den Toten die Gesetze gab, den Jäger Orion und Herakles, der so große und schwere Taten vollbracht hatte; er hielt noch immer seinen Bogen mit dem Pfeil schußbereit in seinen Händen, und um ihn war ein Geschrei wie von Vögeln. Auch mit ihm unterhielt sich Odysseus. Herakles war – wie er selbst – ein Schützling der Athene und des Hermes gewesen.

Von weitem sah Odysseus Tantalos stehen in einem

See, der ihm bis ans Kinn stieg. Er schien großen Durst zu haben, denn immer wieder öffnete er seinen Mund, um aus dem See zu trinken. Aber im gleichen Augenblick schwand das Wasser vor ihm dahin, und er stand durstend auf der trockenen Erde. Dicht über seinem Kopf hingen viele saftige Früchte an schönen Obstbäumen. Es sah so aus, als brauche er nur die Hände auszustrecken, um die Früchte zu pflücken. Doch sobald er danach greifen wollte, riß ein starker Wind sie von den Zweigen hoch hinauf in die Wolken. So straften die Götter den Tantalos für seine Undankbarkeit. Denn sie waren ihm freundlich gesonnen gewesen auf Erden; sie hatten ihn sogar eingeladen, an ihrem Tisch auf dem hohen Olymp mit ihnen zu speisen. Er aber hatte Nektar und Ambrosia, die Speise der Götter, gestohlen! Und er hatte den Menschen Geheimnisse der Götter weitererzählt. Dafür wurde er hier in der Unterwelt unaufhörlich bestraft durch seinen quälenden, für immer unstillbaren Durst.

Noch einen anderen berühmten Büßer sah Odysseus, den Sisyphos. Er war der schlaueste und listigste aller Menschen auf Erden gewesen. Und lange ist das Gerücht umgegangen, nicht Laertes von Ithaka, sondern Sisyphos sei der Vater des Odysseus gewesen, und von ihm habe der Sohn die außerordentliche Klugheit geerbt. Sogar den Tod hatte er überlistet und in Fesseln geschlagen, und so lange war kein einziger Mensch auf der ganzen Erde gestorben. Als er dann selber sterben sollte, bestach er Hades, den Gott der Unterwelt, mit dem Versprechen reicher Opfergaben, damit er ihn auf die Erde zurückkehren ließ. Schließlich aber starb er dann doch, ein uralter Greis. Und jetzt verbüßte er seine Strafe: Mit allen Kräften versuchte Sisyphos, einen mächtigen Felsblock einen Hügel hinaufzustemmen, aber wenn der Fels den Kamm des Hügels fast erreicht hatte, entfiel er seinen Händen und rollte zur Erde hinunter. Und wieder packte Sisyphos, von Schweiß überströmt, den Felsblock, um ihn hinaufzuwuchten auf den Hügelkamm, und wieder kollerte der Stein zurück, und wieder, immer wieder, geschah dem Büßenden das immer gleiche.

Gern hätte Odysseus noch den einen oder anderen berühmten Mann gesehen, doch als sie nun zu Zehntausenden an die Grube drängten, die Toten, schreiend nach dem lebendigen Blut, begann er zu fürchten, daß die Götter des Totenreichs ihm zürnen und ihn selber fangen und im Hades unter den Schatten festhalten könnten. Darum wandte er sich ab von der Grube und ging mit den Gefährten zurück zu seinem Schiff.

Der Strom des Okeanos trug sie nun fort vom dunklen Land der Toten. Dann mußten sie rudern; schließlich aber trieb, wie Kirke versprochen hatte, ein freundlicher Wind das Schiff des Odysseus zur Insel Aiaia zurück.

Die Sirenen, die Skylla die Charybdis

Am Strand von Aiaia schliefen Odysseus und seine Männer, bis die Sonne aufging. Dann erfüllten sie das Versprechen, das Odysseus im Hades gegeben hatten. Sie verbrannten den Leichnam des Elpenor und begruben seine Asche mit seinen Waffen am Meeresufer. Sie schütteten sein Grab zu einem Hügel auf und befestigten oben auf dem Hügel das Ruder, das Elpenor auf dem Schiff so lange geführt hatte. Und dann hielten sie die Totenklage über ihn.

Kirke kam durch den Wald an den Strand zu den Männern, begleitet von ihren Nymphen, die Brot und Fleisch und Wein trugen. Sie sagte: „Wie mutig ihr alle wart! Lebendig seid ihr zu den Toten hinabgestiegen und lebendig wieder ans Licht gekommen. Die andern Menschen kommen erst hinunter, wenn sie sterben, und sie kehren nie wieder auf die Erde zurück. Ihr aber werdet, wenn ihr einmal sterbt, wissen, wie es im Hades ist, er ist euch jetzt schon vertraut. Jetzt stärkt euch, eßt und trinkt, damit ihr euch erholt und morgen mit dem ersten Sonnenstrahl aufbrechen könnt in die liebe Heimat. Heute abend will ich Odysseus alles sagen, was ihr für die Reise wissen müßt, um allen Gefahren aus dem Weg gehen zu können."

Als sich abends die Gefährten am Heck des Schiffes zum Schlafen niederlegten, nahm Kirke Odysseus an der Hand und führte ihn ein wenig weiter am Ufer entlang, damit sie ungestört miteinander reden konnten. Sie ließ sich erzählen von der Fahrt in die Unterwelt und erklärte dann: „Nun höre mir gut zu und erinnere dich, wenn es soweit ist, genau an alles, was ich dir jetzt sage. Zuerst wird euer Schiff an der Insel der Sirenen vorbeifahren. Das sind schöne Frauen, die Flügel haben, aber das Allerschönste an ihnen ist ihre Stimme! Sie singen so süß und so hell, daß einer, der sie hört, alles andere vergißt. Er will gar nichts mehr, als sie singen hören. Er vergißt seine Frau, seine Kinder, seine Eltern, seine Heimat bei ihrem süßen Gesang. Die Sirenen sitzen auf einer Wiese, und überall um sie herum liegen Haufen von nackten Knochen. Das sind die Überreste von Männern, die sich haben betören lassen vom Sirenengesang und gelandet sind auf der Insel. Und auf den Knochenhaufen wirst du tote Männer liegen sehen, an denen noch Fleisch ist. Aber ihr Fleisch verfault, und ganz verschrumpelt ist ihre Haut. So würdet auch ihr zugrunde gehen, wenn ihr euch verlocken ließet."

„Was sollen wir aber tun", fragte Odysseus, „wenn sie

so unwiderstehlich sind, die Sirenen?"

„Du mußt Wachs in der Hand kneten, damit es warm wird", sagte Kirke, „und das mußt du in die Ohren deiner Männer stopfen, damit sie nichts hören können vom Gesang. Dann kann ihnen nichts passieren."

„Ich will sie aber singen hören, die Frauen", sagte Odysseus.

„Dann laß dich von deinen Männern fest an den Mast binden", erwiderte Kirke, „so fest daß du dich nicht losreißen kannst. Und du mußt den Männern sagen, daß sie an der Insel so rasch vorbeirudern müssen, wie sie nur können."

„Es soll so sein, wie du rätst", sagte Odysseus. „Was aber wird dann geschehen? Wie sollen wir weitersegeln?"

„Zwei Richtungen gibt es", erklärte Kirke. „Aber ich darf dir nicht sagen, welche du einschlagen sollst. Du selbst mußt wählen. Und die Gefahren beider Wege sind gleich groß."

„Nenne sie mir", bat Odysseus.

„Auf dem einen Weg werdet ihr zu den Plankten kommen", sagte Kirke. „Das sind hohe schroffe Felsen. Sie wandern durchs Meer, wild umbrandet von aufschäumenden Wellen. Ihr Name bedeutet Scheitern – denn nichts und niemand kommt heil an ihnen vorbei, nicht einmal die Vögel auf ihrem leichten Flug. Alle Schiffe, die sich den Plankten nähern, brechen auseinander, und um die Felsen herum schwimmt ein wüstes

Durcheinander gescheiterter Schiffe und toter Männer."

„Das klingt nicht gut", bemerkte Odysseus. „Und der andere Weg ist nicht weniger gefährlich?"

„Vielleicht sogar schlimmer", sagte Kirke.

„Was erwartet uns dort?" fragte Odysseus.

„Zwei Klippen im Meer", erklärte Kirke. „Eine Enge zwischen zwei Klippen! Die eine reicht bis hinauf in den Himmel, und eine schwarze Wolke verhüllt immer den spitzen Gipfel. Nie ist der Himmel klar über ihr, niemals trifft sie ein Sonnenstrahl – da ist immer die schwarze Wolke! Der Fels ist glatt wie Metall. Niemand kann an der Klippe hinaufsteigen. Im Innern der Klippe wohnt in einer dunklen Höhlung die schreckliche Skylla. Sie bellt wie ein junges Hündchen, aber sie ist ein furchtbares Ungetüm. Sie hat zwölf plumpe Füße und sechs überlange Hälse, und auf jedem Hals trägt sie einen abscheulichen Kopf. Und in jedem Maul hat sie drei Reihen grausiger Zähne. Sie steckt mit dem Leib in ihrer Höhle, aber die sechs Köpfe streckt sie hinaus und tastet mit ihnen im Meer herum und fischt, was sie essen mag, mit ihren gräßlichen Mäulern. Nicht der gewaltigste Fisch des Meeres ist ihr zu groß. Kein Schiffer ist jemals an ihr vorbeigekommen, ohne daß er sechs seiner Männer verloren hat – die Skylla holt sich mit jedem ihrer Köpfe einen Mann von der Ruderbank zum Fraß."

„Aber", fragte Odysseus, „kann man denn nicht einfach weit um sie herumfahren? Auch um die Plankten? Das Meer ist doch so weit!"

„Nein, Odysseus", erwiderte Kirke. „Du kannst nicht um sie herumfahren, du kannst ihnen nicht ausweichen. Du mußt wählen: die Plankten – oder die Skylla und die Charybdis."

„Was ist denn aber die Charybdis?" fragte Odysseus.

„Die andere der beiden Klippen", erklärte Kirke. „Sie ist flacher als die Skylla, und ein schöner Feigenbaum wächst auf ihr mit großen, fleischigen Blättern. Doch unter dem Feigenbaum lagert die schreckliche Charybdis im Meer – sie schlürft das schwarze Wasser in sich hinein und speit es wieder aus! Wenn sie es in sich hineingeschlürft hat, dann siehst du den feinsten Sand auf dem Meeresgrund. Dreimal am Tag schlürft sie das Meer ein und speit es wieder aus. Hoffentlich bist du nicht in der Nähe, wenn sie es ausspeit. Nicht einmal ein Gott könnte dich retten, selbst wenn er wollte. Darum laß das Schiff lieber an der Skylla vorbeisegeln, auch wenn du sechs Männer verlieren wirst – denn wenn die Charybdis dein Schiff schluckt, seid ihr alle verloren."

„Warum aber", fragte Odysseus, „kann ich mich nicht wehren gegen die Skylla, wenn sie mir sechs Männer fressen will?"

„Ach, Odysseus", sagte Kirke, „willst du denn nie einsehen und begreifen, daß es Schrecken gibt in der Welt, gegen die dein Mut und deine Waffen und auch deine List nichts ausrichten können? Auch Skylla und Charybdis sind Götter. Du kannst sie nicht bekämpfen, du kannst dich nicht wehren gegen sie. Du mußt sie fliehen, wenn du leben willst. Wenn du die Skylla mit deinen Waffen abwehren willst, dann wird sie dich wütend angreifen und noch mehr Männer aus deinem Schiff holen als die sechs. Sei also klug und befiehl das rascheste Rudern, damit ihr vorbeikommt an den unausweichlichen Klippen!"

„Ich will es befehlen", sagte Odysseus. „Was aber kommt dann, wenn wir die Felsen hinter uns haben? Werden wir dann endlich nach Hause gelangen, ohne daß uns noch Schlimmeres widerfährt?"

„Das kommt nur auf euch selber an", sagte Kirke. „Ihr müßt euch entscheiden. Wenn ihr schlecht handelt statt gut, dann werdet ihr euch Schlimmes einhandeln."

„Was soll das heißen?" fragte Odysseus.

„Ihr werdet nach Thrinakia kommen", erklärte Kirke. „Diese Insel gehört Helios, dem Sonnengott. Seine Schafe und Rinder weiden dort; fünfzig Schafe und fünfzig Rinder zu je sieben Herden. Sie sterben nicht, sie bekommen keine Jungen. Sie sind immer da, wie sie sind. Sie sind heilig, und göttliche Nymphen weiden sie. Ihr dürft auf Thrinakia, auch wenn ihr vor Hunger zu sterben meint, die Tiere nicht anrühren. Ihr dürft den Rindern und den Schafen des Gottes nichts tun. Befiehl das mit aller Strenge deinen Gefährten! Wenn ihr auch nur eines der Tiere schlachtet, werdet ihr getötet werden von Helios! Du magst vielleicht entkommen, wenn Zeus es will, aber keiner deiner Gefährten wird die Heimat jemals wiedersehen. Laß also nicht zu, daß den Herden des Helios etwas geschieht!"

„Das", meinte Odysseus, „kann ich wohl versprechen. Denn meine Männer gehorchen meinen Befehlen. Ich werde nicht zulassen, daß den Rindern des Sonnengottes Böses geschieht, und so werden wir dann wohl doch glücklich alle nach Ithaka heimkehren."

Sie unterhielten sich, bis der Morgen dämmerte. Und Kirke versprach, dem Schiff einen guten Fahrtwind mitzugeben. Dann aber sagten sie einander Lebewohl, und Odysseus sah der Göttin nach, wie sie am Strand zum Wald hinaufging, bis sie zwischen den Bäumen verschwunden war.

Dann weckte er die Gefährten, und sie bestiegen das Schiff und setzten sich auf die Ruderbänke. Und der Wind, den Kirke versprochen hatte, blies in die Segel und trieb das Schiff über das Meer. Odysseus berichtete den Männern das eine und andere von dem, was Kirke gesagt hatte, aber nicht alles, damit sie sich nicht zu sehr vor dem Kommenden ängstigten. Er forderte Gehorsam von ihnen, was auch geschehen mochte, und alle Gefährten versprachen ihm diesen Gehorsam.

Plötzlich ließ der Wind nach, und das Wasser vor ihnen wurde glatt und glänzte wie ein Spiegel. Da

wußte Odysseus, daß sie sich der Insel der Sirenen näherten. Er nahm eine Scheibe Wachs und wärmte sie zwischen den Händen und knetete sie. Er befahl den Männern, ihn fest an den Mastbaum zu fesseln und rasch an der Insel vorbeizurudern. Vorher aber strich er ihnen das Wachs in die Ohren, damit sie taub würden gegen die Gefahr des Gesangs. Die Männer banden ihn mit Stricken und Seilen so fest an den Mast, daß er sich trotz seiner Kraft nicht befreien konnte, auch wenn er es noch so sehr wollte. Kaum war das alles geschehen, waren sie schon nahe der Insel. Und Odysseus sah die geflügelten Wesen, und auch die Sirenen sahen das Schiff und erkannten Odysseus.

Und hell und süß drang ihr Singen zu ihm: „Odysseus! Du Großer! Du Größter! Du Schönster der Griechen! Berühmter Odysseus! Bist du endlich gekommen – wir warten schon lange auf dich! Nun komm, lande dein Schiff an unserer Insel, setze dich zu uns auf die schöne Wiese und lausche uns. Wir singen dir alles, was du hören und erfahren willst! Denn wir wissen alles, was auf Erden geschah und geschehen wird, und schön ist unser Gesang wie nichts auf der Welt. Komm zu uns und bleibe bei uns, Odysseus, Lieber, Schöner! Komm!"

Und Odysseus strampelte und zappelte in seinen Fesseln; er stieß sich herum am Mast, um sich loszureißen. Er wollte frei sein! Er winkte den Gefährten mit den Augenbrauen, da sie sein Geschrei ja nicht hören konnten, denn er wollte nichts anderes mehr, als bei den geflügelten Schönen zu sitzen und ihrem Gesang zu lauschen, solange er lebte. Er vergaß Ithaka und Penelope und Telemach und Laertes und alles, was er liebte. Wohl sah er die Berge aus den Knochen der toten Männer und obenauf die verwesenden Leichen, aber das machte ihm nichts aus – lieber wollte er sterben beim Gesang der Sirenen als ein lebendiger Mann sein ferne von ihrem Lied.

Aber die Gefährten knüpften noch mehr Seile um ihn herum, als sie sahen, wie er an seinen Fesseln riß, und ruderten aus Leibeskräften an der Insel vorbei. Odysseus, hilflos am Mast hängend, lauschte dem Gesang, der immer leiser wurde, bis endlich der letzte Ton des Liedes der Sirenen verklang.

Als die Insel nicht mehr zu sehen war, klaubten sich die Gefährten das Wachs aus den Ohren und befreiten Odysseus von seinen Fesseln und ruderten weiter. Schon bald darauf sah Odysseus von weitem einen schweren schwarzen Rauch in den Himmel steigen, und über das glatte Meer stürzte eine riesige Woge dem Schiff entgegen. Sie sah so schrecklich aus, daß die Männer die Ruder fallen ließen und vor Angst erstarrt auf den Bänken saßen.

Da ging Odysseus durch das Schiff und sprach ihnen Mut zu. „Freunde", sagte er, „wir haben Schlimmes erfahren miteinander – wir haben es aber auch mit der Hilfe der Götter bis heute überlebt! Habt Mut! Nehmt die Ruder in eure Hände und rudert, so kräftig ihr könnt, dann hilft uns Zeus vielleicht auch aus dieser Gefahr."

Er befahl dem Steuermann, das Schiff von der Woge und dem schwarzen Rauch wegzurudern zur anderen Seite der Meerenge, damit das Schiff dieser Bedrohung entgehe. Von den zwölf gefräßigen Köpfen der Skylla aber sagte er nichts; er hätte sonst den Männern jeden Mut genommen.

So fuhr das Schiff auf die Enge zwischen den beiden Klippen zu. Odysseus stieg auf den hohen Bug und spähte nach rechts und nach links, denn er wollte die Skylla trotz der Warnung der Kirke mit seinen Waffen abwehren von seinem Schiff. Die Skylla ließ sich noch nicht sehen. Und Odysseus und seine Männer starrten wie gebannt auf das schreckliche Schlürfen der Charybdis, die das Meer verschlang, und sie sahen den schwarzen Sand am Meeresgrund scharf und genau. Als das Ungeheuer das Wasser ausspie, brüllte das Meer und brauste hoch hinauf über die Spitzen der Klippen, als wolle es den Himmel erreichen. Die Männer schrien vor Furcht – dann aber kam der viel ärgere Schrecken!

Sie hatten alle nur auf die Charybdis geschaut. Von der Skylla wußten die Männer nichts, und Odysseus hatte sie wegen des grauenvollen Anblicks der Charybdis fast vergessen. Da wandte er den Kopf und sah, wie die sechs grausigen Köpfe an den sechs langen

Hälsen der Skylla von ihrer Klippe sich gierig hinüberreckten zum Schiff. Die dreifachen Zahnreihen der gräßlichen Mäuler packten zu! Schon hielt jedes der Mäuler einen jammernden Gefährten im Gebiß, und jeder zappelte hilflos mit Armen und Beinen. Aber keiner konnte sich aus den Zähnen befreien. Die Skylla schwang die Zappelnden ganz hoch hinauf zur Klippe und fraß sie da droben am Eingang zu ihrer Höhle. Gerade noch streckten die sechs Männer ihre Arme nach Odysseus aus, klagend seinen Namen schreiend, da waren sie schon in den Mäulern des Ungeheuers verschwunden.

Schlimmeres meinten Odysseus und seine Männer nie erlebt zu haben. Aus allen Kräften ruderten sie fort aus der Enge zwischen den schrecklichen Klippen, damit sie dem Unheil entkämen. Als das Meer wieder ruhiger wurde und die beiden Felsen nicht mehr zu sehen waren, ruhten sie ein wenig aus. Voller Trauer beklagten sie den grausigen Tod der sechs treuen Gefährten.

Bei den Herden des Sonnengottes

Als sie sich Thrinakia näherten, hörte Odysseus schon von weitem das Muhen der Rinder und das Blöken der Schafe. Da sagte er zu seinen Männern: „Hört, Freunde! Ich weiß, ihr freut euch, an Land zu gehen und festen Boden unter den Füßen zu haben. Ihr wollt frisches Wasser trinken und Hasen oder Rehe jagen und ihr Fleisch braten zu einer kräftigen Mahlzeit. Aber auf der Insel, die da vor uns liegt, droht uns allen Gefahr! Das haben mir der Seher Teiresias und die Göttin Kirke gesagt. Darum laßt uns an ihr vorbeifahren und nach der nächsten Insel Ausschau halten, wo wir gefahrlos jagen und uns ausruhen können."

Aber die Männer wurden böse, als sie ihn so reden hörten. Und Eurylochos, der immer neidisch war auf Odysseus, rief laut: „Was fällt dir ein, Odysseus, was hast du dir da wieder ausgedacht! Du hast große Kraft, und nie wirst du müde, du bist aus Eisen gemacht. Wir aber sind ganz gewöhnliche Männer, und wir sind hundemüde und haben genug vom Rudern auf dem schwankenden Meer. Ob es dir paßt oder nicht, wir werden an dieser Insel unser Schiff festmachen und uns auf dem Strand eine gute Mahlzeit zubereiten und ruhig schlafen bis zum Morgen. Dann können wir ja weitersegeln – aber um diese eine ruhige Nacht sollst du uns nicht bringen!"

Die Männer klatschten in die Hände und gaben dem Eurylochos recht.

Odysseus wurde sehr betrübt, denn ihm schien, eine böse Macht wolle die Gefährten in ihr Verderben schicken. Er wollte retten, was zu retten war, und sagte: „Gut also. Ihr seid euch einig, und ihr seid in der Mehrzahl. Ihr habt mich überstimmt. Aber wenn euch euer Leben lieb ist, dann schwört mir das eine: Rührt die Herden des Helios nicht an! Geht ihnen weit aus dem Weg! Weder ein Schaf noch ein Rind dürft ihr schlachten. Kirke hat uns genügend Vorrat mitgegeben. Begnügt euch mit dem Fleisch aus Aiaia. Schwört mir, daß ihr so handeln wollt!"

Den Männern war alles gleichgültig, wenn sie nur endlich auf festem Boden sich ausruhen konnten, darum schworen sie, was Odysseus verlangte. Sie meinten alle, sie würden nur diese eine Nacht auf Thrinakia verbringen.

So fuhr das Schiff in den Hafen ein. Sie fanden eine Quelle und bereiteten aus ihren Vorräten das Abendessen und legten sich, als es dunkel wurde, am Strand zum Schlafen nieder.

Aber noch in der Nacht, gegen Morgen, kam ein schrecklicher Sturm auf. Und als der Tag anbrach, war die Insel wie das Meer von schweren Wolken verhüllt, so daß man nicht wußte, ob es nun Tag oder Nacht war. Der Sturm tobte so stark, daß die Männer fürchteten, er würde das Schiff losreißen und ins Meer hinausschleudern. Darum zogen sie es in eine Grotte und banden es fest.

Der Sturm wehte den ganzen Tag aus dem Süden. Am nächsten Tag hatte er sich noch nicht gelegt, und am dritten Tag auch nicht. Er wehte eine Woche; er wehte zwei Wochen... Es war gar nicht daran zu denken, das Schiff aus der Grotte zu ziehen. Sie mußten mit der Weiterfahrt warten, bis der Himmel und das Meer sich beruhigt hatten. Aber nichts beruhigte sich. Auch in der dritten Woche hingen die Wolken tief und schwer über der Insel, und das Meer brauste, als wolle es in alle Ewigkeit nicht mehr ruhig werden.

In der vierten Woche waren die Nahrungsvorräte aus Aiaia zu Ende. Es gab kein Fleisch und kein Brot mehr. Die Männer hungerten. Sie jagten Vögel. Sie angelten am Strand mit krummen Haken nach Fischen. Aber das waren jämmerliche Mahlzeiten für ausgewachsene Männer. Sie wurden zornig, weil sie sich mit kleinen Fischen und Vögeln behelfen mußten, da doch überall auf der Insel die fetten Herden des Helios weideten.

Odysseus litt auch Hunger. Aber er sorgte sich mehr

um seine abgezehrten Männer. Er wußte nicht mehr, was er tun sollte in dieser Not, er war ganz ratlos. So ging er einmal landeinwärts und fand eine Stelle, wo er vor dem Sturm geschützt war. In einer Quelle wusch er seine Hände, hob sie zum Himmel und betete zu den Göttern um Rat und Hilfe. Das Gebet beruhigte ihn ein wenig, und da schlief er vor lauter Müdigkeit ein.

Eurylochos aber nützte sofort die Abwesenheit des Odysseus aus und sagte zu den Männern: „Freunde, so geht es nicht weiter! Wenn wir noch länger hungern müssen, werden wir alle sterben. Wir haben ja kein bißchen Fleisch mehr auf unseren Knochen. Wie sollen wir denn da weiterrudern können, wenn der Sturm einmal vorbei ist? Keiner von uns wird mehr die Kraft haben, sein Ruder zu führen! Hier auf der Insel aber weiden fette Schafe und Rinder... Holen wir uns aus den Herden die besten Tiere zum Opfer für die Götter. Wir wollen dem Helios versprechen, daß wir ihm auf Ithaka einen Tempel errichten werden zu seiner ewigen Ehre. Dann wird er uns verzeihen, wenn wir ein paar von seinen Tieren schlachten. Er ist ja ein Gott und weiß, daß wir essen müssen, um weiterleben zu können. Wenn er uns aber nicht verzeiht, dann soll er uns doch mit einem Schlag vernichten! Denn das ist immer noch besser, als allmählich elend zu verhungern."

Alle Männer klatschten dem Eurylochos Beifall. Bald hatten sie die besten Rinder der Herde gefunden und trieben sie an den Strand. Dort beteten sie zu den Göttern, und dann schlachteten sie die herrlichen Tiere und zogen ihnen die Haut ab und schnitten sie in Stücke. Sie hatten keinen Wein mehr für die Opferhandlung, darum nahmen sie Wasser zum Weiheguß. Dann brieten sie zuerst die Eingeweide, und der Rauch vom Fett der gebratenen Stücke stieg auf und trieb über die Insel.

Der schlafende Odysseus wurde geweckt von dem köstlichen Duft, der ihm die Nase kitzelte. Er begriff sofort, was geschehen war. Wieder einmal verfluchte er sich, weil er geschlafen hatte, statt wach zu bleiben und seine Männer vor Unglück zu bewahren.

Rasch ging er zum Strand. Da brieten die großen Stücke an den Spießen! Es nützte nichts mehr, mit den Männern zu streiten und ihnen Vorwürfe zu machen, daß sie ihren Schwur gebrochen hatten. Die Rinder waren tot...

Aber als sie mit dem Essen beginnen wollten, kam großer Schrecken über die Männer. Die abgezogenen Häute der Rinder krochen über den Strand, als seien sie lebendig! Das Fleisch an den Spießen brüllte wie eine ganze Herde von Rindern, und auch das rohe Fleisch stimmte in das Gebrüll ein.

Allen schwante Böses. Aber ihr Hunger war stärker als das unheimliche Geschehen und ihre Furcht. Das Fleisch schmeckte so gut, daß sie den Schrecken und ihre Sorgen vergaßen.

Eine ganze Woche lang reichte das Fleisch der Rinder für ihre Mahlzeiten. Sie fühlten, wie sie wieder Kraft gewannen. Und als sich nun auch noch am siebten Tag der Woche endlich der Sturm legte, der einen ganzen Monat gewütet und das Meer aufgewühlt hatte, als der Himmel klar und blau wurde über dem ruhigen Wasser, beschlossen alle, die Heimfahrt nach Ithaka fortzusetzen.

Sie zogen das Schiff aus der Grotte, stellten den Mastbaum auf und spannten die Segel und fuhren aufs Meer hinaus.

Doch urplötzlich wurde das Blau des Wassers und des Himmels zur schwarzen, undurchdringlichen Nacht! Ein Wirbelsturm brach über sie herein, der sofort die Taue vom Mastbaum des Schiffes riß. Der Mast stürzte, schlug auf den Steuermann und zerbrach ihm Schädel und Knochen. Blitze fuhren vom schwarzen Himmel auf das Schiff, der Donner krachte, und das Schiff wurde herumgewirbelt vom aufwogenden Meer, als sei es aus Papier. Der Sturm fegte alle Gefährten vom Schiff; sie mochten sich festhalten, wo sie wollten, es half ihnen nichts. Alle ertranken, und ihre Leichen trieben rings um das Schiff auf den stürmenden Wellen.

Odysseus hatte sich halten können auf dem Schiff. Als eine Welle die Wandung vom Kiel löste und eine andere den Mastbaum gegen den Kiel, der frei dahintrieb, schleuderte, griff Odysseus zu und schnürte den

Kiel an den Mast; er band diese beiden Trümmer des Schiffs fest aneinander. Dann setzte er sich in den Kiel und trieb dahin auf den Wellen, allein im Sturm...

Später schlug der Wind um. Der Wind aus dem Süden trieb Odysseus auf seinem ärmlichen Floß zurück in die Meerenge zu den schlimmen Klippen, der Skylla und der Charybdis. Die Charybdis schlürfte gerade das Meer ein, und die Woge hob das Floß so hoch, daß Odysseus mit beiden Händen in den Feigenbaum auf dem Gipfel der Klippe greifen und sich an seinem Stamm festklammern konnte, bevor die Charybdis mit der Woge auch sein Floß verschluckte.

Wie eine Fledermaus hing er am Stamm. Denn hoch über ihm war die Krone des Baumes und tief unter ihm dessen Wurzel. Nirgends war ein Zweig, auf dem er mit den Füßen hätte stehen können. Lange mußte er warten, bis die Charybdis das Meer wieder ausspie und sein Floß wieder auf dem Wasser tanzte. Da konnte er endlich den Stamm des Feigenbaumes loslassen. Er ließ sich fallen und schlug dumpf auf dem Floß auf. Eine Weile lag er halb betäubt, bis er sich aufrichten konnte. Und nun streckte er die Hände ins Wasser, denn er hatte kein Ruder, er mußte mit seinen Händen rudern. Die furchtbare Skylla aber mit ihren sechs Köpfen hatte ihn und sein Floß übersehen.

Neun Tage und Nächte trieb Odysseus über das Meer, wie die Wetter und die Winde es wollten. Jetzt war er ganz allein. Alle seine Gefährten waren tot –

keiner von ihnen würde die Heimat wiedersehen...
Daß er selbst jemals nach Ithaka heimkehren würde, das konnte Odysseus während der einsamen Tage und Nächte auf dem weglosen Meer nur hoffen und von den Göttern erbitten.

Bei Kalypso auf Ogygia

In der zehnten Nacht schwemmte das Meer das gebrechliche Floß an ein Ufer, und eine zweite Welle schob es hinauf an den Strand. Kaum wagte Odysseus zu glauben, was sein Körper spürte – er lag auf festem Boden!

Tag und Nacht hatten seine Hände rudern oder sich anklammern müssen an den Planken des Floßes. Jetzt brauchten sie nichts mehr zu halten – er konnte sie fallen lassen. Er begriff, daß er nun endlich schlafen durfte! Immer hatte er wach bleiben müssen, weil er im Schlaf womöglich von seinem Floß ins Meer gespült worden wäre. Obwohl er so müde war, daß er nicht aufstehen konnte, schob er sich doch noch ein Stückchen weiter hinauf in den trockenen Sand. Dann aber schlief er ein, ohne daß er auch nur einmal den Kopf gehoben hätte, um nach den Sternen am hohen Himmel zu sehen. Er schlief so tief, daß er nicht wußte, wieviel Zeit vergangen sein mochte, als er endlich aufwachte.

Wieder einmal ging er auf einer unbekannten Insel landeinwärts. Wieder einmal suchte und fand er eine Quelle und trank das frische Wasser und ging zwischen hohen alten Bäumen tief in einen Wald hinein. Er roch den Duft der Zedern und der Lebensbäume und der Zypressen. Er sah den Habicht am Himmel fliegen und die Krähen zwischen den Erlen und Pappeln einherstolzieren. Tief im Gezweig versteckt sah er den Vogel der Nacht, die Eule, schlafen.

Schließlich trat er aus den Bäumen auf eine Lichtung hinaus, auf eine blühende Wiese. Vier Quellen entsprangen da, und die Bäche aus den Quellen flossen in die vier Himmelsrichtungen. Um die Stämme am Waldrand kletterte und wand sich der Efeu, und überall roch es nach Veilchen.

Aus der Mitte der blühenden Wiese wuchs ein hoher, breiter Felsen, der überwachsen war von den Reben eines mächtigen alten Weinstocks. Da hingen die reifen Trauben in Überfülle. Staunend trat Odysseus näher, und gerade wollte er zugreifen und eine Traube pflücken, als er in der großen Stille plötzlich seinen Namen hörte!

„Odysseus", sagte die Stimme einer Frau, „sei mir willkommen!"

Da erblickte er halb im Dunkel zwischen den Reben eine Frau, die sehr schön war, schöner noch als die Zauberin Kirke. Der Felsen barg offenbar eine Grotte. Und im dämmrigen Eingang zu der Grotte stand die schöne Frau mit den glänzenden geflochtenen Haaren und sah ihn freundlich an.

„Woher", fragte Odysseus, „kennst du meinen Namen?"

„Willst du mich nicht grüßen?" fragte die Frau zurück.

Und Odysseus sagte: „Sei gegrüßt! Aber wer bist du, und woher kennst du mich?"

„Ich habe auf dich gewartet", erklärte sie. „Ich heiße Kalypso, und ich lebe allein auf meiner schönen Insel Ogygia."

„Sie ist wirklich sehr schön", erwiderte Odysseus. „Du mußt hier sehr glücklich sein, wenn dir diese Insel gehört!"

„Auch du wirst hier glücklich sein", sagte Kalypso, „denn du wirst an meiner Seite hier leben."

„Aber –", sagte Odysseus.

Doch sie unterbrach ihn: „Ich bin eine Göttin, lieber Odysseus, eine göttliche Nymphe. Ich will dich unsterblich machen, weil ich dich liebe! Du wirst immer so jung und schön bleiben, wie du jetzt bist. Niemals wird mein Odysseus sterben."

„Ich will aber –", begann Odysseus von neuem.

Doch wieder ließ Kalypso ihn nicht zu Wort kommen. „Du brauchst jetzt nicht zu reden", sagte sie. „Später kannst du mir alles erzählen und mir sagen, was du willst. Jetzt aber komm herein zu mir! Ein Bad ist für dich bereitet, und ein gedeckter Tisch wartet auf dich. Du mußt essen und trinken nach deiner langen

Mühsal auf dem Meer. Und dann wirst du in einem großen weichen Bett schlafen und träumen, solange du Lust hast. Der Wein aus meinen Reben ist süß und schwer. Komm herein, Lieber."

Was blieb ihm übrig? Odysseus folgte Kalypso. Weit und hoch wie ein Schloß war die Grotte, und ein Raum schöner als der andere. Der Tisch war mit kostbarem Geschirr gedeckt; die Speisen dufteten, und der Wein war süß und schwer, wie Kalypso gesagt hatte. Und er schlief und träumte wunderbar in seinem weichen Bett.

Auch in den nächsten Tagen tat ihm die schöne Nymphe nur Liebes und Gutes. Sie pflegte den Erschöpften, sie kochte ihm köstliche Mahlzeiten, sie schenkte ihm schöne Kleider und war unermüdlich im Ausdenken immer neuer Freuden für ihn. Sie ging mit ihm über die Insel; dann saßen sie wieder miteinander am Tisch, und er mußte erzählen, was er im Krieg und auf seiner Irrfahrt bisher erlebt hatte. Sie konnte gar nicht genug von alldem hören. Nur wenn er Ithaka erwähnte, wenn er von Penelope und von Telemach sprechen wollte, hörte sie ihm nicht zu, sondern tat irgend etwas oder lenkte ihn mit einem Einfall oder einem Plan für den nächsten Tag ab.

Odysseus aber erholte sich sehr rasch und mochte trotz der schönen Kalypso und der schönen Insel nichts wissen vom Hierbleiben. Er dachte nur an die Heimfahrt und wie er sie wohl bewerkstelligen könnte, da er ja keinen Gefährten mehr hatte, der ihm helfen könnte, und auch nicht wußte, wie er hier zu einem Schiff kommen konnte. Doch wenn er davon zu Kalypso reden wollte, lachte sie ihn aus und sagte ihm, wie lieb sie ihn habe und wie schön sie es doch hätten, er und sie, allein auf ihrer herrlichen Insel!

So gingen die Tage und Wochen dahin. Ein Monat folgte dem andern, und schließlich war ein ganzes Jahr herumgegangen. Wenn Kalypso am Herd stand, um ein gutes Essen vorzubereiten, ging Odysseus hinaus und lief über die Wiese und durch den Wald zur Küste und blickte über das weite blaue Meer, ob nicht ein Schiff käme, das ihn mitnehmen könnte. Er war ja allein und ein armer Mann; er besaß nur das, was Kalypso ihm schenkte. Er wußte nicht, wie er es anstellen sollte, um sich aus der göttlichen Gefangenschaft zu befreien.

Jahr um Jahr wuchs sein Heimweh nach Ithaka, nach Penelope und Telemach und dem Vater... Aber nie tauchte ein Schiff am Horizont auf, und dem listigen Odysseus, der so berühmt gewesen war wegen seiner klugen Einfälle, fiel ganz und gar nichts ein zu seiner Rettung. Immer wieder saß er da am Meer und weinte vor Sehnsucht... Auch die beiden Söhne, die Kalypso ihm geboren hatte und die um ihn herum spielten, konnten ihn nicht trösten.

So gingen sieben Jahre dahin.

Odysseus ahnte nicht, er konnte nicht ahnen, was in den vielen und langen Jahren seiner Abwesenheit in der Heimat, nach der er sich so sehnte, geschah.

Dort glaubte inzwischen kaum ein Mensch mehr, daß Odysseus nach all der Zeit doch noch heimkehren würde nach Ithaka. Denn inzwischen waren alle Kämpfer vor Troja längst wieder zu Hause, auch Menelaos mit Helena. Den Agamemnon samt Kassandra, der Tochter des Priamos, die er mit sich führte, hatte seine Frau bei der Heimkehr hinterrücks erschlagen. Sonst aber hatten die Überlebenden ihren Frieden daheim.

So galt Penelope als Witwe, und zwar als reiche Witwe, und viele Fürsten aus der näheren und weiteren Umgebung kamen am Königshof von Ithaka zusammen, um Penelope zur Frau zu gewinnen. Sie brachten aber nicht nur ihre Werbung vor, sondern wollten so lange in der Umgebung Penelopes bleiben, bis sie sich für einen ihrer Freier entscheiden würde.

Penelope aber wollte keinen dieser Männer heiraten. Im Innersten ihres Herzens hoffte sie immer noch, daß Odysseus zurückkehren würde, denn nur ihn liebte sie. Aber sie wußte nicht, wie sie sich der aufdringlichen Freier entledigen sollte. Ihr fiel nichts ein, als sie von Tag zu Tag zu vertrösten, und sie verschob ihre Entscheidung mit immer neuen Ausreden.

Ihr Verhalten bestärkte die Fürsten in ihrem Entschluß, auf jeden Fall in Penelopes Nähe zu bleiben. Sie taten so, als seien sie daheim auf Ithaka, sie ließen sich Tag und Nacht bewirten und bedienen und lebten über Jahre hin ganz und gar auf Kosten des Königshauses.

Telemach, der Sohn des Odysseus, regierte das Land. Aber er war noch sehr jung. Er war sehr verzweifelt, weil er dem wüsten Treiben der Freier nicht Einhalt gebieten konnte. Er sah, wie sie das Hab und Gut seines Vaters verpraßten, und wußte überhaupt nicht mehr, was er tun sollte. Und wenn Penelope nur noch sehr wenig Hoffnung hatte, Odysseus jemals wiederzusehen – Telemach hatte fast überhaupt keine Hoffnung mehr!

An seinem Großvater Laertes hatte er auch keine Hilfe. Er war aufs Land gezogen in ein armseliges Häuschen, weil er mit dem Schmerz über den vermeintlichen Tod seines Sohnes und mit dem Verlust seiner Frau nicht fertig werden konnte. Er lebte wie ein armer Mann dem Tod entgegen und kümmerte sich nicht mehr um Ithaka.

Wieder einmal hatte Telemach versucht, mit den Freiern ein vernünftiges Wort zu sprechen und sie zur Abreise aus Ithaka zu bewegen – und wieder einmal vergebens. Da sah er am Tor einen Fremden stehen, den er für einen Reisenden hielt, der am Königshof Rast machen wollte. Er ging zum Tor, grüßte den Unbekannten und sagte: „Sei willkommen, Fremder, und setze dich an unseren Tisch und iß und trink. Dann aber sage mir, wer du bist und woher du kommst."

Sie setzten sich zu den Freiern an den Tisch, und als der Fremde, der sich mit wachen Augen umgeschaut hatte, zu sprechen begann, erfuhr Telemach, daß er ein Gastfreund des Odysseus war.

„Schon dein Großvater Laertes", sagte er, „war ein Freund meines Vaters. Ich bin hierher gekommen, weil ich hoffte, Odysseus hier zu sehen. Du fürchtest wohl, daß dein Vater tot ist. Aber er lebt, und er wird auch heimkehren. Wenn er noch nicht da ist, dann nur, weil er festgehalten wird und ein Gefangener ist. Aber auch wenn seine Fesseln aus Eisen sind: er wird sich aus ihnen befreien, denn er ist klug und wird nach Ithaka heimkehren. Sage mir aber, was machen diese Männer hier an deinem Tisch? Sie führen sich so auf, als ob sie hier zu Hause seien. Und ich glaube, sie verprassen dein Hab und Gut."

Da erzählte Telemach dem Freund seines Vaters alles, worunter er zu leiden hatte, und bat ihn um guten Rat. Wie er denn dem wilden Treiben der Freier ein Ende machen und wie er erfahren könne, wie es dem Vater in all der Zeit ergangen sei und ob er wirklich noch lebe?

„Ich will dir sagen, was du tun kannst", sagte der freundliche Mann. „Rüste ein Schiff und fahre aus. Besuche die Mitkämpfer deines Vaters vor Troja und frage sie, ob sie etwas von seinem Schicksal wissen. Fahre zu Nestor nach Pylos und zu Menelaos nach Sparta. Wenn du erfährst, daß dein Vater tot ist, dann komm hierher zurück und gib deiner Mutter einen neuen Mann. Aber ich glaube, das wird nicht nötig sein."

„Ich danke dir", erwiderte Telemach, „und ich will tun, was du sagst. Nun aber ruhe dich aus, bevor du weiterziehst. Ich will dir ein schönes Gastgeschenk geben, damit du mich nicht vergißt."

„Nein, Telemach", entgegnete der Fremde, „du sollst mir jetzt nichts geben, erst später einmal, wenn ich zurückkomme. Jetzt habe ich Eile. Halte mich nicht auf. Lebe wohl!"

Der Mann stand auf und ging ein paar Schritte, aber dann war er plötzlich verschwunden, und da, wo er gewesen war, schwang sich ein Vogel hoch hinauf in den Himmel! Da begriff Telemach, daß nicht ein Mensch ihn besucht hatte, sondern ein Gott.

Der göttliche Besuch war Athene gewesen, die jetzt auch dem Sohn ihres Schützlings Odysseus raten und beistehen wollte.

Ermutigt ging Telemach zu den Freiern zurück und gebot ihnen erneut, Ithaka zu verlassen.

Da stand einer der Männer auf und sagte: „Was redest du da und machst uns Vorwürfe und willst uns wegschicken? Nicht wir Freier sind schuld, daß hier alles so ist, wie es ist, sondern Penelope, deine Mutter! Längst wären wir auf unsere Güter heimgekehrt, wenn sie sich für einen von uns entschieden hätte. Aber seit Jahren hält sie uns hin. Und sie gebraucht eine böse

List gegen uns – sie belügt uns! Sie hat nämlich behauptet, bevor sie einem neuen Mann folgen könne, müsse sie erst das Grabtuch für ihren Schwiegervater Laertes weben. Denn wenn er stürbe in seinen hohen Jahren, ohne daß sie ihm ein schönes Grabtuch gewebt hätte, käme sie in einen üblen Ruf bei den Frauen von Ithaka. Wir alle haben ihr geglaubt und haben uns lange geduldet. Aber jetzt ist eine ihrer Mägde zu uns gekommen und hat uns die ganze Wahrheit gesagt über den bösen Betrug deiner Mutter! Penelope hat zwar jeden Tag gewebt an diesem Tuch, vom Morgen bis zum Abend. Aber in jeder Nacht hat sie wieder aufgetrennt, was sie tagsüber gewebt hat. So kann das Grabtuch natürlich niemals fertig werden! Belogen und betrogen hat sie uns mit ihrer List. Deine Mutter ist sehr klug; keine andere Frau kann es mit ihr an Klugheit aufnehmen. Aber jetzt ist ihr Betrug entdeckt, und es geschieht ihr und dir ganz recht, wenn wir deinen Besitz aufzehren und hier auf deine Kosten leben. Das werden wir auch weiterhin tun, bis deine Mutter endlich ihren Eigensinn aufgibt, um einem von uns auf seine Güter zu folgen. Erst dann wirst du von uns befreit sein. Das merke dir und sei nicht wieder so frech zu uns!"

Da ging Telemach betrübt hinaus an den Strand des Meeres und bat, der Gott, der ihn besucht habe, möge doch wieder zu ihm kommen, um ihm beizustehen, denn er selbst wisse jetzt gar nicht mehr aus und ein.

Athene hörte sein Gebet. Sie nahm die Gestalt und die Stimme des Mentor an, der ein alter Freund der Familie war, kam zu Telemach an den Strand und sagte zu ihm: „Sei getrost, Telemach! Kümmere dich nicht mehr um das wüste Treiben der Freier. Die Strafe wird bald über sie kommen, und sie werden alle an dem gleichen Tag zugrunde gehen. Wir wollen dir aber jetzt ein Schiff ausrüsten und zu Nestor und Menelaos segeln, um von ihnen zu hören, was sie vielleicht über deinen Vater wissen. Sage aber deiner Mutter nichts davon, damit sie sich nicht ängstigt. Und auch die Freier dürfen nichts von deiner Reise wissen. Denn sie wollen dir Böses tun."

So rüstete Telemach in aller Heimlichkeit ein Schiff aus, um bei den Freunden seines Vaters in Pylos und Sparta nach dem Geschick des Odysseus zu fragen. Und Athene begleitete ihn auf seiner Fahrt.

Aber auch die sorgsam gehüteten Geheimnisse kommen oft ans Licht. Die Freier erfuhren, daß Telemach fortgefahren war, und sie beschlossen, ihm bei seiner Heimkehr aufzulauern und ihn zu ermorden. Die arme Penelope erfuhr, daß ihr Sohn sie verlassen hatte, und sie erfuhr auch von den schlimmen Plänen der Freier. Da weinte sie sehr und rief ihre Mägde zusammen und sagte: „Ihr alle, denen ich vertraut habe, wie böse seid ihr doch zu mir! Ist es denn nicht schlimm genug für mich, daß mein lieber Mann noch immer nicht aus dem Krieg heimgekehrt ist, daß er vielleicht sogar längst tot ist und nie mehr zu mir zurückkommt? Jetzt hat auch mein Sohn Ithaka verlassen. Vielleicht kommt auch er nie mehr zurück... Ihr habt gewußt, daß er ausgefahren ist, aber ihr habt mir nichts gesagt. Wie konntet ihr mir das antun? Auch wenn er glücklich heimkehrt – die Freier wollen ihm auflauern und ihn töten. Warum bin ich denn noch am Leben, da mir der Mann und das Kind genommen ist... Ach, wäre ich doch tot!"

Da sagte die alte Dienerin und Pflegerin Euryklea, die schon die Amme des Odysseus gewesen war: „Verzeih, liebe Penelope, daß ich dir nichts gesagt habe von der Reise deines Sohnes. Er hat dich nicht beunruhigen wollen und mir den Schwur abgenommen, dir erst am zwölften Tag nach seiner Ausfahrt zu sagen, was er tun will. Ich habe ihn gut ausgerüstet mit Vorräten und ihm an deiner Stelle den Segen für die Reise gegeben. Sei mir also nicht böse, daß ich meinen Schwur nicht gebrochen habe! Und jetzt klage nicht länger, sondern geh hinauf in deine Kammer und bete zur Göttin Athene, daß sie deinen Mann und deinen Sohn und dich selber in ihren Schutz nimmt und die beiden Männer glücklich in die Heimat zurückkehren läßt!"

Penelope gehorchte der Dienerin. Sie blieb oben in ihrer Kammer, aber sie konnte nicht essen und nicht trinken und nicht schlafen vor lauter Sorge um ihren Sohn. Als sie dann endlich doch einschlief, kam Athene in Gestalt ihrer Schwester zu ihr und sagte: „Mach dir keine Sorgen! Du brauchst nicht zu weinen. Telemach wird gesund zu dir zurückkommen. Hab Mut und fürchte dich nicht mehr! Athene beschützt deinen Sohn – und sie hat mich geschickt, um dir das zu sagen."

Da erwachte Penelope wunderbar gestärkt aus ihrem Schlaf. Sie weinte nicht mehr, und sie bemühte sich, nicht mehr zu grübeln, sondern auf den göttlichen Schutz zu vertrauen.

Von Ogygia zur Küste der Phaiaken

An einem schönen Morgen saßen alle Götter beisammen auf dem Olymp, ihrem Wohnsitz, und hörten sich an, was Athene ihnen zu sagen hatte: „Vater Zeus und ihr andern alle, jetzt ist es genug! Der große Odysseus, der schon lange umhergeirrt ist auf den Meeren, seit Troja besiegt wurde, wird jetzt schon im siebten Jahr von Kalypso auf ihrer Insel Ogygia festgehalten. Sie will ihn für immer zum Mann haben. Er aber ist ihrer längst müde; er will fort von ihr und endlich heimkehren nach Ithaka. Doch er hat kein Schiff, und er hat keine Helfer. Und jetzt wollen die Freier um die arme Penelope sogar seinen Sohn Telemach töten! Es ist also höchste Zeit, daß Odysseus heimkehrt nach Ithaka und dort Ordnung schafft und sein Reich regiert, wie es recht ist. Wir müssen ihm helfen!"

Die Götter stimmten ihr zu.

Und Zeus, der Herrscher und Vater der Götter, sagte zu Hermes, seinem Boten, der dem Odysseus zum Schutz gegen die Verhexung durch Kirke das Kraut Moly gegeben hatte: „Geh sofort zu Kalypso, Hermes, und sage ihr, sie müsse den Odysseus jetzt gehen lassen! Sie soll ihm helfen, ein Floß zu bauen für die Heimfahrt. Sie soll nicht zögern. Und zögere auch du nicht. Geh!"

Da band Hermes seine goldenen geflügelten Sandalen um die Füße, nahm seinen Stab in die Hand und fuhr wie ein Vogel, wie eine Möwe, aus dem Himmel über das Meer. Er flog über die weiten Wasser hin bis zur Insel Ogygia. Dort ließ er sich nieder und ging, wie Odysseus nach seiner Landung auf der Insel staunend über die Schönheit der Wälder und der blühenden Wiese, bis zu der Grotte, wo Kalypso wohnte.

Götter erkennen einander, wenn sie sich begegnen. Kalypso erkannte Hermes und lud ihn ein, näher zu treten und niederzusitzen und die Speise der Götter zu sich zu nehmen, Nektar und Ambrosia.

Als er gegessen und getrunken hatte, fragte sie ihn: „Warum bist du zu mir gekommen, Hermes, Bote des Zeus? Was wünschen die Götter von mir? Ich will tun, was sie verlangen, wenn ich es kann."

„Zeus hat mich zu dir geschickt", erwiderte Hermes.

„Und glaube nur nicht, daß ich gern gekommen bin. Wer mag schon freiwillig über so viel salziges Wasser fliegen – was glaubst du wohl! Und nirgends ist da eine Stadt, in der man uns Tempel errichtet und Opfer bringt. Es war kein Vergnügen, meine Reise zu dir. Aber dem Befehl des Zeus müssen wir beide gehorchen."

„Was also", fragte Kalypso, „fordert Zeus von mir?"

„Ein Mann soll bei dir sein", erklärte Hermes, „ein armer Kerl, der vor Troja gekämpft hat und seither auf den Meeren herumirrt und vergeblich versucht, endlich nach Hause zu kommen. Alle Gefährten sind ihm gestorben, und sein kümmerliches Floß hat ihn angeschwemmt auf Ogygia. Wo steckt er übrigens?"

„Er wird irgendwo am Ufer sitzen", erwiderte Kalypso. „Dort sitzt er oft und schaut über das Meer und träumt von seiner Heimat Ithaka."

„Genau darum geht es", erklärte Hermes. „Zeus befiehlt, daß er jetzt heimkehrt. Du sollst ihm helfen, ein Floß zu bauen für die Heimfahrt, denn nach seinem langen Leiden ist ihm ein glückliches Leben bei seiner Familie bestimmt."

Da erschrak Kalypso. Sie wurde sehr traurig und sagte: „Wie hart doch die Götter sind und wie eifersüchtig! Warum neidet ihr mir den Mann, den ich liebe und bei mir behalten möchte für immer? Ich habe ihn gerettet und gepflegt. Ich habe ihn ernährt und gekleidet. Ich habe mich immer bemüht, ihn zu erfreuen, und ich habe ihm Söhne geboren! Unsterblich habe ich ihn machen wollen. Jetzt aber wollt ihr ihn mir wegnehmen. Ich weiß, ich muß mich fügen, auch wenn ich nicht will. Sage also dem Zeus, daß ich tun werde, was er befiehlt."

„So ist es recht", erwiderte Hermes. „Und du tust am besten sofort, was du tun mußt. Gleich sage ihm, was er wissen muß, und hilf ihm bei seinem Floß und lasse ihn fahren. Zögere nicht, sonst wird Zeus dich strafen."

Dann verabschiedete sich der Götterbote von der Nymphe. Und Kalypso ging durch den Wald an das Ufer der Insel, wo Odysseus saß. Seine Augen waren naß, denn immer wieder mußte er weinen vor Heimweh. Kalypso gefiel ihm schon lange nicht mehr, und auch die Schönheit der Insel konnte ihn nicht trösten. Aber er wußte sich durchaus nicht zu helfen. Es war ihm lästig, als Kalypso zu ihm trat. Er wendete sich unwillig ab und hätte sie am liebsten fortgeschickt.

Aber sie sagte: „Weine jetzt nicht mehr, Odysseus! Ich will dich nicht länger festhalten bei mir. Ich will dir zeigen, wie du dir ein Floß bauen kannst. Ich will dich gut kleiden und dir Vorräte mitgeben für die Heimfahrt. Das ist der Wille des Zeus, und sein Wille ist stärker als ich und meine Liebe zu dir – ich muß ihm gehorchen!"

Odysseus traute seinen Ohren nicht und sagte: „Meinst du denn wirklich auch, was du da sagst, Göttin? Wie anders hast du doch immer gesprochen! Warum hat sich dein Sinn so geändert? Und wie soll ich dir trauen? Ich kann dir nur glauben, wenn du mir schwörst, daß du nichts Schlimmes gegen mich im Sinn hast bei deinem Reden."

Da mußte Kalypso lachen und sagte: „Wie kommst du nur darauf, daß ich dir Schlimmes tun möchte? Du weißt doch, daß ich dich liebe! Aber ich schwöre dir bei der Erde und beim Himmel und bei der Unterwelt, daß ich kein Unheil gegen dich im Sinn habe. Ich will dir nur das Gute tun, das ich mir selbst wünschen würde, wenn ich Odysseus wäre. Ich meine es gut und redlich mit dir."

Da war Odysseus sehr froh. Schon am nächsten Morgen gab ihm Kalypso die Werkzeuge, die er zum Bau seines Floßes brauchte: eine große Axt aus Erz, die auf beiden Seiten geschliffen war, und ein schönes Beil. Dann zeigte sie ihm am äußersten Rand der Insel die größten Bäume, die schon längst verdorrt waren und ganz trocken: Fichten, Erlen und Pappeln – ihr Holz würde leicht schwimmen! Er machte sich daran, die Bäume zu fällen. Und als zwanzig Stäme am Boden lagen, bearbeitete und glättete er sie mit den Werkzeugen.

Dann paßte er die Hölzer gut aneinander und befestigte die zugerichteten und durchbohrten Planken mit Pflöcken und Klammern. Endlich richtete er auch den Mastbaum auf dem gutgezimmerten Floß auf und deckte das Steuerruder mit geflochtenen Weidengerten zum Schutz gegen die Wellen ab. Kalypso brachte Tücher, aus denen Odysseus schöne Segel anfertigte. Am vierten Tag war das Floß bereit zur Fahrt, und er ließ es auf Walzen vom Strand in das Wasser laufen.

Am Tag darauf legte ihm die Göttin einen Schlauch mit Wein und einen noch größeren mit Trinkwasser in das Floß; sie brachte ihm auch einen Korb mit reichlichem Vorrat. Dann ließ sie einen Wind wehen, in dem sich die Segel fröhlich blähten. Sie blieb am Ufer stehen und sah aufs Meer hinaus, bis die Segel des Floßes, auf dem Odysseus sie verließ, am Horizont verschwunden waren.

Kalypso hatte ihm geraten, sich beim Steuern nach den Sternbildern am Himmel zu richten: nach dem Großen Wagen und dem Bootes und den Plejaden. Die müßten immer links von ihm bleiben, dann werde er zum Land der Phaiaken kommen.

Am achtzehnten Tag seiner Fahrt sah er, wie ein Schild auf dem Meer, die Wälder einer Insel liegen, und er freute sich sehr, zu der letzten Station seiner Heimfahrt zu kommen.

Poseidon aber, der Gott der Meere, der Vater des geblendeten Kyklopen Polyphem, erblickte den ihm so sehr verhaßten Odysseus auf seinem Floß, und er wurde sehr zornig. Er konnte zwar nichts ausrichten gegen den Beschluß des Zeus, der dem Odysseus die glückliche Heimkehr bestimmt hatte. Aber er wollte dem verhaßten Mann die Heimfahrt wenigstens so bitter wie möglich machen.

Er ballte Wolken zusammen, er wühlte das Meer auf, er machte aus dem strahlenden Tag finstere Nacht. Und er rief wilde Stürme über dem armen Odysseus zusammen, alle bösen Winde aus Süden und Norden und Osten und Westen.

Odysseus wußte nicht, wie ihm geschah, als aus dem klaren Himmel und dem seidenglatten Meer von einem Augenblick zum andern pechschwarze Finsternis wurde und brüllender Sturm und haushohe Wogen. Er fürchtete sich sehr und meinte, nun ginge es doch mit ihm zu Ende. Denn wie sollte sein leichtes Floß solche Wetter überstehen...

Wäre ich doch, dachte er klagend, als Kämpfer vor Troja gefallen und in Ehren mit meinen Waffen begraben worden! Jetzt muß ich hier elend und ehrlos ertrinken...

Und schon stürmte eine riesige Woge heran und wirbelte das Floß um und um; Odysseus wurde ins Meer geschleudert. Der Mastbaum brach, und Segel und Rahe wehten weitab vom Floß.

Kalypso hatte dem scheidenden Freund schöne Kleider umgetan für die Fahrt, und die hätten ihn nun fast hinunter in die Tiefe gezogen. Schwer lasteten sie an seinem Körper. Er konnte kaum auftauchen aus den stürmenden Fluten, um wieder Luft zu schöpfen. Er spie das Salzwasser, das er geschluckt hatte, aus sich heraus und versuchte trotz seiner Erschöpfung zum

Floß zu schwimmen. Er erreichte es auch, schwang sich darauf und setzte sich nieder. Aber die Strömungen des Meeres warfen es hin und her, zu steuern war es nicht mehr. Sein gut gebautes Floß war nur noch ein leichter Ball, den der Wind aus dem Norden dem Wind aus dem Süden zuwarf, und der schleuderte es nach Osten, und der Ostwind trieb es nach Westen...

Aber da tauchte aus dem brausenden Meer wie ein Schwimmvogel plötzlich eine Frau auf, die schwang sich ins Floß und setzte sich zu Odysseus und sagte: „Du Armer, warum ist denn Poseidon so zornig auf dich? Er darf dich nicht vernichten, das weiß er, und doch wütet er so arg gegen dich. Ich bin Leukothea, eine Göttin des Meeres. Als Menschenprinzessin habe ich Ino geheißen. Ich bin gekommen, um dir zu helfen. Wirf die kostbaren Kleider ab, die dich nur beschweren, und überlasse dein Floß dem Sturm. Spring ins Wasser und schwimme zum Land der Phaiaken. Hier gebe ich dir mein Tuch – nimm es und spanne es dir um die Brust – es wird dich behüten und tragen. Du wirst glücklich an Land kommen. Dann aber wirf mir das Tuch sogleich ins Meer zurück."

Kaum hatte Odysseus begriffen, was ihm da geschah, tauchte die Göttin schon wieder in das tiefe Meer. Und er saß da mit dem Tuch und fragte sich, was er denn jetzt tun solle.

Ich werde ihr nicht gehorchen, dachte er. Das ist doch Unsinn, hier in der Weite des Meeres vom Floß zu springen! Ich werde erst schwimmen, falls mir der Sturm das Floß zerstört.

Und schon ließ Poseidon eine neue, eine gewaltige Woge über Odysseus zusammenschlagen, und die schönen schweren Stämme des Floßes wurden auseinandergerissen, als seien sie nur ein Bündel Stroh.

Jetzt mußte Odysseus ins Meer springen, denn sein Floß war ja nicht mehr da. Er warf die Kleider ab, band sich das Tuch der Göttin um die Brust und schwamm. Und Athene, seine Schutzgöttin, schickte ihm günstigen Wind. Aber er mußte zwei Tage und Nächte schwimmen und meinte oft genug, daß er nun doch wohl ertrinken und die Heimat niemals wiedersehen würde.

Aber am Morgen des dritten Tages ließ der Wind nach. Und als er mit seinen müden Augen über das Meer spähte, das wieder glatt und blau um ihn wogte, sah Odysseus ganz nah das bewaldete Land vor sich liegen. Die Freude darüber gab ihm neue Kraft, und er schwamm eilig darauf zu.

Bald aber sah er, wie das Meer sich hoch an der Küste brach, denn da waren überall nur glatte Klippen und steile Felsen und nirgends eine Bucht oder ein Sandstrand! Wie konnte er denn da an Land gelangen? Und konnte nicht Poseidon noch im letzten Augenblick den ihm Verhaßten durch eine mächtige Woge an dieser felsigen Küste zerschmettern?

Kaum hatte er das gedacht, da kam sie schon heran,

die Woge, und warf ihn gegen die Felsen. Er dankte es der Göttin Athene, daß ihm rechtzeitig einfiel, er müsse sich mit beiden Händen festhalten an dem spitzen und schroffen Gestein. Und das gelang ihm zunächst auch, aber die nächste Welle riß ihn zurück ins Meer. Die Haut seiner Hände und Arme wurde blutig aufgeschürft bei dem Spiel, das die Klippen und das salzige Wasser mit dem Hilflosen trieben.

Aber noch einmal ermutigte ihn seine Göttin, und er versuchte, längs der Küste zu schwimmen. Vielleicht war da hinten doch irgendwo ein flacher Strand, wo er an Land waten konnte! Und endlich erblickte er eine Bucht, aus der sich ein Fluß aus den Wäldern ins Meer ergoß. Der Fluß erschien ihm wie ein Gott – und er dankte dem Gott für die Hilfe.

So gelangte Odysseus endlich an Land. Sein ermatteter und zerschundener Körper sank auf die Erde. Odysseus spie das salzige Wasser aus sich heraus, lag halb ohnmächtig im Sand und versuchte ruhig und tief zu atmen. Dann erinnerte er sich an Leukothea, machte das Tuch, das er sich um die Brust gebunden hatte, los und warf es ins Meer zurück, wie sie ihm gesagt hatte.

Voll Dankbarkeit küßte er die Erde an der Mündung des Flusses, denn er begriff, daß er gerettet war. In seiner Ermattung wußte er freilich kaum, was nun das klügste wäre. Ob er am Fluß die Nacht durchwachen oder ob er im Wald ein Versteck suchen und dort schlafen sollte? Denn überall drohten Gefahren!

Er war aber so müde, daß er doch in den Wald hineinging, und als er zwei Ölbäume fand, die dicht ineinander verwachsen waren, einen wilden und einen zahmen, meinte er, die Bäume könnten ihm Schutz gewähren. Aus Laub häufte er ein Lager und bettete sich darauf und häufte weiteres Laub als Decke über sich. Dann durfte der müde und erschöpfte Mann endlich wieder einmal auf festem Boden schlafen.

Im Reich der Phaiaken

Lange und tief hatte Odysseus in seinem weichen Bett aus dem Laub der Bäume geschlafen, als er jäh aus dem Schlaf gerissen wurde. Er fuhr hoch, noch halb betäubt, und horchte. Was war das? Geschrei und Gelächter, nichts anderes, und gar nicht weit von ihm. Es waren junge Stimmen, die da lachten und riefen. Es waren weibliche Stimmen; und Odysseus, noch umfangen vom Schlaf, fragte sich, ob er wieder unter Nymphen geraten war, die göttlichen Geschöpfe der Wälder und Flüsse. Aber es waren wohl doch eher Menschen, die da in seiner Nähe lachten. Und er brauchte die Hilfe von Menschen in diesem fremden Land.

Er stand auf, schüttelte sich das Laub vom Leib, brach einen Zweig vom Baum, den er vor sich hielt, und ging, nackt wie er war, aus dem Wald hinaus dem Geschrei und Gelächter entgegen. Wie er da auftauchte am Waldrand, wurde aus den lachenden Rufen ein einziger Schrei des Schreckens. Und eine Schar junger Mädchen, die auf der Wiese einander Bälle zuwarfen, stob auseinander und rannte davon, um sich im Gebüsch vor dem Mann zu verbergen, der da plötzlich aus dem Nichts erschien und ganz schrecklich aussah, nackt und zerzaust und schmutzig und mit blutverkrusteten Armen.

Nur eine der jungen Frauen blieb ruhig stehen, wo sie sich gerade umgewandt hatte, als Odysseus aus dem Wald trat. Sein Aussehen schien sie nicht zu erschrecken. Sie war sehr schön, und Odysseus fragte sich, ob er auf sie zustürzen und bittend ihre Knie umfassen sollte, denn sie erschien ihm wie eine große Göttin. Dann aber ging er ein paar Schritte auf sie zu und sprach sie sanft und höflich an: „Ich bitte dich, Herrin, wer bist du? Du scheinst mir eine Göttin zu sein. Wenn du aber eine sterbliche Frau bist, wie stolz müssen deine Eltern und Brüder sein, wenn du zum Reigentanz gehst! Wer dich aber einmal als Braut in sein Haus führen wird, der ist gewiß der Glücklichste aller Männer. Du erscheinst mir so wundersam, daß ich mich vor dir fürchte – und doch schauen deine Augen mich freundlich an! Erlaube mir also dir zu sagen, daß ich nach langer Irrfahrt auf dem Meer erst gestern nacht an die Mündung eures Stromes geworfen wurde.

Du bist nach vielen Tagen der erste Mensch, der mich anblickt. Ich bitte dich, sage mir, wo ich bin. Und vielleicht hast du auch etwas für mich, das ich anziehen kann, denn ich besitze gar nichts mehr; das Meer hat mir alles geraubt."

„Fremder", erwiderte das Mädchen freundlich, „du magst zwar elend sein, aber auch dir haben die Götter Schönheit verliehen, das sehe ich wohl. Und wenn du jetzt auch gar nichts mehr besitzt, so bist du doch ein edler Mann, und aus deinen Augen blickt ein klarer Verstand. Du sollst bekommen, was du brauchst. Ich will dir auch die Stadt und alles andere hier zeigen. Du bist in das Land der Phaiaken gekommen, der seefahrenden Männer. Sein König heißt Alkinoos, sein Weib Arete, und ich bin ihre Tochter und heiße Nausikaa."

Dann rief Nausikaa nach den Mädchen, die sich im Gebüsch vor dem Fremden versteckt hatten. Und als sie sich schüchtern hervortrauten, sagte sie: „Ihr braucht euch nicht zu fürchten! Dieser Mann ist ein Unglücklicher, der viel Schlimmes erlebt hat, und wir wollen ihm helfen. Zeus gebietet, daß wir die Fremden und die Bettler freundlich aufnehmen. Wir haben ja heute am Fluß große Wäsche gehalten; sie mag jetzt schon trocken geworden sein. Sucht einen Leibrock heraus, der dem Fremden paßt, und zeigt ihm die Stelle am Fluß, wo er bei seinem Bad nicht vom Wind belästigt wird."

Bereitwillig führten die Mädchen Odysseus zum

windgeschützten Ufer und gaben ihm Öl in einer goldenen Flasche und legten ihm Kleider hin und wollten ihm beim Bad behilflich sein. Aber er winkte sie weg; er wollte nicht, daß sie ihm zusahen, wie er sich wusch. Seine Haut und sein Haar waren ganz verkrustet vom Salz des Meeres, und er hatte lange zu reiben und zu spülen, bis er sich wieder sauber fühlte. Dann salbte er den geschundenen Körper mit dem heilenden, geschmeidigen Öl und zog die Kleider an und setzte sich ein wenig abseits an den Strand und sah aufs Meer hinaus.

Nausikaa und die Mädchen waren ganz erstaunt, wie stolz und schön der verwilderte nackte Fremde nach seinem Bad anzusehen war, wie seine krausen dunklen Locken in der Sonne glänzten.

Und Nausikaa sagte: „Seht ihn an – sieht er nicht aus wie ein Gott? Solch einen möchte ich wohl einmal zum Manne haben! Jetzt gebt ihm aber zu essen und zu trinken; er muß ja ganz verhungert sein."

Während Odysseus aß, sorgte Nausikaa dafür, daß die Mädchen die getrocknete Wäsche auf die Wagen legten, mit denen sie gekommen waren. Sie schirrten auch die Maultiere, die auf der Wiese gegrast hatten, vor die Wagen.

Dann sagte Nausikaa zu Odysseus: „Komm nun – wir wollen jetzt in die Stadt gehen. Ich werde vorausfahren. Bleibe du mit den Mädchen bei den Wagen, so lange euer Weg durch die Felder geht. Wenn ihr dann in die Stadt kommt, trenne dich von den Mädchen und gehe allein, sonst wird überall böses Gerede laut werden – du weißt ja, wie die Leute sind. Du wirst am Weg einen schönen Pappelhain finden. Er ist der Göttin Athene geweiht. Dort sitze nieder und warte so lange, bis du meinst, wir Mädchen könnten nun alle daheim sein. Dann geh selber in die Stadt hinein und frage die Phaiaken, wie du zum Haus meines Vaters Alkinoos kommst. Sie werden dir den Weg sagen. Du aber gehe durch das Haus geradewegs zu meiner Mutter. Du wirst sie am Herd finden im Schein des Feuers. Dort dreht sie schöne rote Wolle auf der Spindel; neben ihr sitzt auch der Vater in seinem Sessel bei seinem Weinglas. Geh aber an ihm vorüber und verneige dich vor meiner Mutter. Wenn du Arete gefällst, wird dir in allem geholfen werden, was du brauchst."

Nausikaa fuhr auf ihrem Wagen davon. Und Odysseus ging mit den Mädchen neben den Wagen her durch die Felder, bis er zum Pappelhain seiner Schutzgöttin kam. Dort setzte er sich nieder und dachte dankbar an Athene. Als er glaubte, daß die Mädchen inzwischen zu Hause angekommen waren, ging er langsam in die Stadt hinein.

Er sah den schönen Hafen, der sich beiderseits der Stadt hinzog, und all die Schiffe, die dort lagen. Auf dem Markt stand ein Tempel zu Ehren des Poseidon, seinem ärgsten Feind, was ihm bewies, daß die Phaiaken ein Volk von Seefahrern waren. Er beobachtete, wie sie auf dem Markt an Ruderblättern und an Tauwerk und an Segeln arbeiteten, an all den Geräten, die zu Schiffen gehören, und die Schiffe selbst waren offenbar ihr ganzer Stolz.

Die Phaiaken sahen den Fremden nicht. Sie konnten ihn nicht neugierig anstarren, sie konnten ihn nicht ansprechen und ausfragen, denn Athene hatte einen Nebel um ihn gegossen, so daß er für alle Menschen unsichtbar blieb. Er brauchte auch die Phaiaken nicht nach dem Weg zum Königshaus zu fragen: Athene leitete ihn bis vor die Tore.

Er blieb einen Augenblick vor der Schwelle stehen und versuchte, ruhig zu sein. Denn das Haus, das er vor sich sah, glänzte wie die Sonne oder der Mond. Goldene Türen waren in den ehernen Wänden und silberne Pfosten an den Türen. Der Türring war golden, und die Hunde, die vor den Türen saßen, und das Gesims waren aus blauem Glasfluß. Auch drinnen im Haus war alles sehr prächtig. Und er ging langsam durch die Räume und bewunderte, was er sah. Auf schönen Lehnstühlen lagen kunstvoll gewebte Dekken, und auf goldenen Sockeln standen goldene Knaben, die brennende Fackeln in den Händen hielten.

Er ging an Männern vorbei, die wohl Führer der Phaiaken waren und gerade dem Hermes einen Weiheguß spendeten, und endlich gelangte er auch in den Raum, wo die Königin saß, wie Nausikaa gesagt hatte.

Als er vor ihr niederfiel und ihre Knie bittend umfaßte, fiel der Nebel, den Athene um ihn gegossen hatte, von ihm ab, und alle wunderten sich über das plötzliche Auftauchen des Fremden zu den Füßen der Königin.

Odysseus sah zu Arete auf und sagte: „Sieh mich hier zu deinen Füßen, Arete! Dir und deinem Mann und deinen Kindern und auch euren Tischgesellen erflehe ich den Segen der Götter! Ich komme von weither und habe vieles erdulden müssen auf meiner langen Irrfahrt über das Meer – darum bitte ich um eure Hilfe und euer Geleit, damit ich endlich wieder zu meiner lieben Familie in die Heimat zurückkehren kann."

Als er das gesagt hatte, wandte er sich bescheiden von der Königin ab und setzte sich wie ein Bettler in den Staub neben den Herd. Und alle, die im Raum waren, sahen ihm nach und waren vor Erstaunen ganz stumm.

Dann aber stand Alkinoos von seinem Sessel auf und ging zu Odysseus, nahm ihn bei der Hand und hob ihn auf aus dem Staub und geleitete ihn zu einem schönen Stuhl. Eine Magd brachte Wasser in einer goldenen Kanne und goß es Odysseus über die Hände in ein silbernes Becken und stellte einen Tisch neben ihn, auf dem gute Speisen standen. Dann rief Alkinoos nach Wein, und alle, die im Raum waren, spendeten den Weiheguß zur Ehre der Götter.

„Wir wissen nicht", sagte der König, „wer dieser Fremde ist, aber morgen wollen wir alle den Göttern

Opfer darbringen. Und wenn er unsere Hilfe und unser Geleit braucht, soll er beides bekommen! Fast meine ich aber, er selbst ist ein Gott; schon oft haben die Unsterblichen mit uns Sterblichen am Tisch gespeist."

„Nein, Alkinoos", erwiderte Odysseus, „ich bin kein Gott. Ich bin ein armer Sterblicher wie ihr. Ich habe viel erdulden müssen – doch jetzt wollt ihr mir helfen und mich in die Heimat geleiten! Darüber bin ich sehr froh. Erlaubt mir aber zu sagen, daß mir mein Hunger jetzt stärker zu sein scheint als die vergangene Not und die Freude, bei euch zu sein. Mein armer Magen fordert gebieterisch, den argen Hunger zu stillen mit den guten Speisen, die ihr mir aufgetischt habt."

Seine Gastgeber nickten freundlich, und er aß und trank, so viel er wollte und konnte. Alle freuten sich, wie es ihm schmeckte. Dann verabschiedeten sich die Tischgenossen von ihm und dem Königspaar, und er blieb mit Alkinoos und Arete allein.

„Willst du uns nicht sagen, Fremder, woher du kommst?" fragte die Königin. „Und wer hat dir die schönen Kleider gegeben, da du doch ein Schiffbrüchiger bist?"

„Ich will euch das alles gerne berichten", erwiderte Odysseus. „Aber so rasch geht das nicht. Zu lange bin ich schon unterwegs. Zuletzt war ich auf der Insel Ogygia bei der Nymphe Kalypso. Nach sieben langen Jahren hat sie mich entlassen, aber Poseidon hat schwere Stürme auf dem Meer entfesselt und mein

Floß zerschmettert. Da bin ich lange Tage und Nächte im Meer geschwommen, bis ich endlich zur Mündung eures Flusses geriet und an Land gehen konnte. Zwischen den Bäumen habe ich in der letzten Nacht auf einem Lager aus Laub geschlafen. Am Morgen aber bin ich auf der Wiese eurer Tochter Nausikaa und ihren Mädchen begegnet. Ich habe sie um Hilfe gebeten, und sie hat mir geholfen. Sie hat mir zu essen gegeben und auch die Kleider, die ich jetzt trage."

„Warum aber", fragte Alkinoos, „hat dich meine Tochter nicht gleich zu uns gebracht? Warum hat sie dich allein durch die fremde Stadt gehen lassen? Das war nicht recht von ihr."

„O bitte", sagte Odysseus, „sei nicht böse mit Nausikaa! Sie hat mich den Mädchen folgen heißen bis zur Stadt.

Ich aber wollte nicht, daß du dich vielleicht ärgern müßtest über böses Gerede der Leute. Darum bin ich allein gekommen – deine Tochter kann nichts dafür."

Erstaunt sagte Alkinoos: „Was bist du für ein Mann? Wie klug bist du und wie gut bedenkst du, was du tust und läßt! Du wärest ein Schwiegersohn ganz nach meinem Herzen. Ich würde dir ein Haus geben und alles, was du dir sonst noch wünschen könntest, wenn du hier bleiben und Nausikaa heiraten möchtest. Aber ich darf dich nicht gegen deinen Willen hier bei uns zurückhalten, wenn du heimkehren willst. Jetzt wollen wir alle schlafen gehen und morgen einen guten Tag miteinander haben."

Arete befahl den Mägden, dem Odysseus in der Vorhalle ein Lager zu richten mit schönen Tüchern und Teppichen und wollenen Mänteln, und er legte sich dankbar nieder und schlief tief bis zum Morgen.

Da ging dann Alkinoos mit ihm durch die Stadt bis zum Markt. Und weil es sich herumgesprochen hatte, daß ein Fremder an den Königshof gekommen war, versammelten sich viele Phaiaken auf den Sitzreihen des Marktplatzes, die Odysseus sehen und erfahren wollten, was es mit ihm auf sich habe. Alkinoos hieß alle schweigen und sagte: „Ein Fremder ist zu uns gekommen, der viel erlitten hat, und er bittet, daß wir ihn nach Hause geleiten. Darum gebiete ich euch, ein neues Schiff auszurüsten, das noch nie über das Meer gefahren ist. Wählt zweiundfünfzig Männer, eure besten, zur Bemannung und für das Geleit unseres Gastes aus. Wenn alles gut vorbereitet ist für die Fahrt, dann kommt in mein Haus. Ich will zusammen mit den anderen Fürsten unseren Gast bewirten, und Demodokos, unser bester Sänger, wird uns zur Tafel schöne Lieder singen."

Als aber dann der Sänger nach dem guten Mahl zu singen begann, wie erschrak da Odysseus! Denn Demodokos sang von Troja, er sang eine Geschichte aus dem Krieg, er sang vom berühmten Streit des Achilleus mit dem Odysseus. So weit war die Kunde von den Geschehnissen aus dem Trojanischen Krieg um die Welt gegangen, daß Odysseus hier, fast zehn

Jahre nach dem Ende des Kriegs, einen Gesang über sein eigenes Leben zu hören bekam! Keiner seiner Tischgenossen ahnte, daß der berühmte und von Demodokos besungene Odysseus unter ihnen saß. Er zog den Mantel um sich und verhüllte sein Gesicht, denn er mußte weinen über das Lied des Sängers und seine Erinnerungen.

Nur Alkinoos bemerkte, wie bewegt sein Gast war. Wenn er auch nicht wußte, warum Odysseus weinte, wollte er ihn doch ablenken von seinem Kummer und schlug vor, daß sich nun alle Tischgenossen aufmachen sollten, um sich die sportlichen Wettkämpfe der Jugend auf dem Marktplatz anzusehen.

Die jungen Männer übten sich dort im Laufen, im Ringen und Springen und auch im Faustkampf und Scheibenwerfen.

Als sie eine Weile zugesehen hatten, sagte ein Sohn des Alkinoos zu Odysseus: „Willst du dich denn nicht an den Wettkämpfen beteiligen, Fremder? Du siehst aus, als verstündest du dich gut auf das Laufen und das Werfen mit der Scheibe. Der Wettstreit wird sicher deinen Kummer vertreiben."

„Ich glaube", sagte Odysseus, „du willst mich verhöhnen. Wie kann mir der Sinn nach Wettspielen stehen, ich habe keinen anderen Wunsch, als endlich nach Hause zu kommen."

Da rief Euryalos, der beste Ringer der Phaiaken: „Am Spiel und am Wettkampf liegt diesem Fremden bestimmt nichts! Er befährt wohl nur das Meer, um seine Geschäfte zu machen, und er denkt immer nur an das Geld, das er verdienen will."

„Wie unklug du redest", erwiderte Odysseus ruhig. „Die Götter verteilen die Gaben unterschiedlich, und dir haben sie wohl den Verstand versagt. In der Heimat war ich bei den Spielen immer unter den Ersten. Das ist lange her, aber wenn du mich so herausforderst, will ich dir zeigen, was ich kann."

Er griff nach einer Wurfscheibe, die größer und wuchtiger war als jene, mit denen die Phaiaken einander gemessen hatten. Er wirbelte sie herum und warf, und die jungen Männer bückten sich alle unter dem Stein, der über sie hinwegsauste. Die Scheibe des Odysseus flog weiter als alle, die bisher von den jungen Männern geworfen worden waren, obwohl sie sich doch Tag um Tag im Wettkampf übten.

Nun gebot der König, den Platz zum Reigentanz der ganz jungen Knaben frei zu machen. Der Sänger Demodokos sang dazu die alte berühmte Liebesgeschichte zwischen Ares und Aphrodite, dem Gott des Krieges und der Göttin der Liebe. Dann tanzten zwei schöne junge Männer einen Sprungtanz, bei dem sie sich einen purpurfarbenen Ball zuwarfen.

„Alkinoos", sagte Odysseus, „ihr habt die besten Tänzer, die ich je gesehen habe. Wunderschön war dieser Tanz!"

Der König freute sich über das Lob des Fremden

und sagte zu den anderen Fürsten: „Freunde! Laßt uns nun unserem Gast schöne Geschenke geben, die seiner würdig sind, bevor wir zum Nachtmahl gehen. Er möge sich freuen an unseren Gaben, die ihn, wenn er glücklich in die Heimat gelangt ist, an uns erinnern sollen."

Und der erste, der zu Odysseus trat mit seinem Geschenk, war Euryalos, der zuvor so unfreundlich gewesen war.

„Ich möchte mich mit dir versöhnen, Fremder", sagte er. „Nimm dieses Schwert! Sein Griff ist aus Silber und die Scheide aus frischgesägtem Elfenbein. Möge es dich erfreuen. Und vergib mir meine törichten Worte."

„Ich danke dir", sagte Odysseus, „und ich vergebe dir gern. Mögen dir die Götter Freude und Gedeihen geben, und mögest du dieses schöne Schwert niemals vermissen."

Nun brachten auch die anderen Fürsten ihre Geschenke. Und als sie dann alle in das Königshaus zurückgingen, trug Arete auf den Wunsch ihres Mannes mit ihren Mägden eine schöne Truhe herbei, in der Odysseus seine Geschenke aufbewahren sollte, und legte noch einen Mantel und einen Leibrock obenauf.

„Verschließe die Truhe gut", sagte sie zu Odysseus, „damit du nicht bestohlen wirst, wenn du einmal schläfst und an nichts Böses denkst."

Odysseus schlang einen vielfach verschlungenen

Knoten, den die Zauberin Kirke ihn zu legen gelehrt hatte, um die schöne Truhe. Dann rief ihn eine Dienerin zum Bad.

Angetan mit einem glänzenden Leibrock ging er nach dem Bad wieder zu Alkinoos und den Tischgenossen, die beim Wein saßen.

Da begegnete ihm Nausikaa und sagte: „Vergiß mich nicht, Lieber, wenn du wieder daheim bist bei den Deinen, denn ich bin es, die dich gerettet hat."

„Nausikaa", erwiderte Odysseus, „wenn Zeus es gibt, daß ich die Heimat gesund erreiche, will ich alle Tage zu dir beten wie zu einem Gott, denn ich danke dir mein Leben!"

Er setzte sich in den Lehnstuhl neben Alkinoos. Und als er den Sänger Demodokos zum Tisch kommen sah, ließ er ihm durch einen Diener ein gutes Stück Fleisch geben, weil er ihm Ehre erweisen wollte. Demodokos freute sich sehr.

Und nach dem Essen sagte Odysseus zu ihm: „Du hast über das Kämpfen und Leiden der Griechen vor Troja gesungen, als wärest du selbst dabeigewesen. Singe jetzt bitte für uns von dem hölzernen Pferd, das Epeios auf den Rat des Odysseus gefertigt hat; in ihm sind die Männer gesessen, die Troja besiegt haben."

Da sang Demodokos vom hölzernen Pferd. Und wieder mußte Odysseus weinen.

Und wieder bemerkte Alkinoos, daß der Gast bewegt war, und sagte: „Hör nun auf mit deinem Lied,

Demodokos! Der Fremde hat dich darum gebeten, aber sein Herz ist betrübt. Wir bitten dich, Fremder, sage uns nun, wer du bist und woher du kommst und was du erlebt hast. Sage uns auch, warum du weinen mußt, wenn Demodokos vom Trojanischen Krieg singt. Denn wir sind deine Freunde!"

„Ich will dir sagen, wer ich bin", erwiderte Odysseus, „und warum mich das Lied des Sängers bewegt und bekümmert hat. Ich bin der Sohn des Laertes, der einmal König von Ithaka war, bevor er mir die Herrschaft übertrug. Ich bin Odysseus. Und seit dem Ende des Krieges um Troja versuche ich vergeblich, in die Heimat zurückzukehren."

Da erstaunte das Königspaar, und alle, die am Tisch saßen, wunderten sich, daß der berühmte Odysseus hier bei ihnen saß. Alle wollten jetzt von seinen Erlebnissen hören. Und sie lauschten gespannt, als er von den Kikonen erzählte, den Lotos-Essern und den Laistrygonen, von Polyphem, vom Hüter der Winde, von Kirke und dem Eingang zum Totenreich, von den schrecklichen Felsen und Meerungeheuern und von den Rindern des Helios. Schließlich berichtete er auch von den sieben Jahren bei Kalypso und vom Zorn des Poseidon, der ihm das Floß zerschmettert hatte, so daß er nackt und bloß an die Küste der Phaiaken geschwemmt worden war, wo Nausikaa ihm so freundlich geholfen hatte.

Dann schwieg er. Und alle, die ihm gespannt zugehört hatten, schwiegen auch und dachten nach über alles, was er erlebt hatte.

Dann aber sagte Alkinoos: „Odysseus! Du bist ins Land der seefahrenden Männer gekommen, die weithin berühmt sind. Du sollst nicht mehr in die Irre verschlagen werden! Die Phaiaken werden dich in deine Heimat bringen. Morgen abend wirst du auf dem schönen neuen Schiff über Nacht nach Ithaka gebracht werden."

Dem Odysseus wollte die Nacht und der kommende Tag fast zu lang werden. Jetzt, da es endlich soweit war, verließ ihn die Geduld. Er konnte es kaum erwarten, daß der Abend dämmerte. Als er sich von Alkinoos und Arete und den Fürsten verabschiedet hatte und alle einander den Segen der Götter gewünscht hatten, mochte er es kaum glauben, daß er das Schiff der Phaiaken erst wieder auf Ithaka verlassen würde.

Die Truhe mit den Geschenken war schon auf das Schiff gebracht worden. Und jetzt begleiteten ihn die Männer zum Heck, wo sie ihm ein warmes Lager für die nächtliche Fahrt nach Ithaka bereitet hatten. Kaum hörte er, wie das Schiff ablegte und wie die Ruder der Männer in das Wasser schlugen, da sank er schon in einen tiefen, glücklichen Schlaf.

Als der Morgenstern am dämmernden Himmel aufging, legte das Schiff in einer schönen Bucht der Insel Ithaka an. Dort lag bei einem alten Ölbaum eine Höhle, ein heiliger Ort der Nymphen. Diese Stelle kannten die Phaiaken. Sie trugen den schlafenden Odysseus auf dem Leintuch und der schönen Decke seines Lagers aus dem Schiff und betteten ihn in den Sand. Die Truhe verbargen sie in seiner Nähe am Stamm des Ölbaums, damit ihm nichts von seinem Besitz geraubt würde. Dann stiegen sie wieder auf ihr Schiff und verließen Ithaka, die Heimat des Odysseus, auf deren mütterlicher Erde er nun zum ersten Mal seit zwanzig langen Jahren wieder schlief.

Auf Ithaka bei Eumaios

Als Odysseus aufwachte und allmählich begriff, daß er nicht mehr auf dem Heck des Schiffes lag, wo er doch am Abend eingeschlafen war, sondern auf seinen Decken im Sand, setzte er sich rasch auf und sah sich um. Allein war er, ganz und gar allein in einer ihm völlig fremden Umgebung! Nirgends ein Mensch, nirgends ein Schiff – ausgesetzt hatten ihn die Phaiaken in einem fremden Land...

Ich Ärmster, dachte er, was ist mir jetzt wieder geschehen? Wie haben sie mich betrogen und bestimmt auch bestohlen! An irgendeinem Strand haben sie mich abgeladen und sind davongesegelt mit all den schönen Geschenken. Was soll ich jetzt tun? Wie soll ich mir denn helfen? Wie werden die Menschen hier sein – gut oder böse?

Aber dann sah er die Truhe und die anderen Geschenke am Ölbaum stehen. Und als er alles zusammenzählte, fehlte gar nichts.

Aber wie soll ich das alles verstecken, fragte er sich, wenn ich wieder einmal landeinwärts gehen muß, um dieses Land hier zu erkunden?

Er stand auf und wollte sich alles genauer ansehen. Aber Athene hatte ringsum einen Nebel ausgegossen, der die Felsen und Bäume, die Odysseus gut kannte, verhüllte. Und jetzt ging sie selbst auf ihren ratlosen Schützling zu. Aber sie hatte die Gestalt eines jungen Schafhirten angenommen.

„Sei gegrüßt, Fremder", sagte sie zu dem überraschten Odysseus, der sich sehr freute, den Hirten zu sehen, und den Gruß freundlich erwiderte.

„Wie schön, daß du kommst", sagte Odysseus, „denn ich weiß gar nicht, wo ich hier bin, und versuche gerade, mich zurechtzufinden in dieser Nebellandschaft. Man hat mich hier ausgesetzt mit all meinem Hab und Gut. Vielleicht weißt du, wo ich es vor Räubern verstecken kann, denn du bist ja hier zu Hause. Wie heißt dieses Land, deine Heimat?"

Da schüttelte der junge Schafhirt verwundert den Kopf. „Gibt's denn einen Menschen", erwiderte er, „der mein Land nicht auf den ersten Blick erkennt? Es ist doch in der ganzen Welt bekannt, es gibt keine schönere Insel! Nirgends sonst finden die Rinder und Ziegen so reichliche Weide und Tränke; in Überfülle wachsen hier Wein und Korn. Und wenn du noch so weit herkommst – auch in der fernsten Fremde wird dir der Name meiner Heimat genannt worden sein! Du bist auf Ithaka, Freund."

Odysseus traute kaum seinen Ohren, er wußte sich nicht zu fassen vor Freude. Aber er nahm sich zusammen und sagte: „Ah, Ithaka! Natürlich habe ich von deiner Heimat gehört und wie schön es hier sein soll! Aber ich komme von weither. Ich stamme aus Kreta. Dort habe ich den Sohn des Königs erschlagen, weil er mich um die Beute bringen wollte, die ich mir im Krieg vor Troja gewonnen habe. Ich mußte flüchten aus Kreta und bin in der Nacht zum Hafen gegangen und habe die Männer eines Schiffes gebeten, mich gegen reichen Lohn mitfahren zu lassen. Wir sind aber nicht dorthin gekommen, wohin sie wollten, denn der Sturm hat das Schiff verschlagen. Und heute nacht, als ich schlief, haben sie mich ausgesetzt hier am Strand und sind weitergefahren. Aber sie haben mir wenigstens die Beute gelassen."

Da lachte Athene, als sie ihren Schützling das Blaue vom Himmel herunter lügen hörte. Und vor Odysseus stand statt des jungen Hirten die Göttin, schön und helläugig. Sie schüttelte den Kopf und streichelte ihn und sagte: „Was bist du doch für einer, Odysseus! Du Schlimmer mit deinen bunten Gedanken! Immer willst du die Leute hinters Licht führen und erzählst ihnen Lügengeschichten. Und sogar jetzt, da du endlich zu Hause bist, was tust du als erstes? Lügen und betrügen und einem armen Jungen was weismachen. Aber so bist du eben, und so wirst du auch bleiben – reden wir nicht mehr davon. Du bist zwar der Klügste und Listigste unter den Sterblichen – ich aber bin immerhin die Göttin der Klugheit und durchaus erfahren in Listen!"

„Athene!" rief der arme Odysseus beschämt. „Ach, wie schwer ist es, dich zu erkennen in deinen Verkleidungen! Immer wieder nimmst du eine andere Gestalt an. Aber sage mir doch und verspotte mich jetzt nicht mehr. Stehen wir hier wirklich auf dem Boden der ersehnten Heimat, auf Ithaka?"

„Wie kannst du zweifeln", sagte Athene, „wenn ich es bin, die es dir sagt! Aber ich verstehe dich schon. Du hast so viele und vielfältige Gedanken in deinem klugen Kopf und hast so viel gesehen von der Welt, daß du argwöhnisch geworden bist und deinen Sinnen nicht mehr trauen magst und schon gar nicht deinen Hoffnungen. Aber es ist wahr, Odysseus! Wir stehen auf dem Boden Ithakas. Und jetzt schau dich um! Der Nebel ist verschwunden, und du wirst sie alle wiedererkennen, die Bäume und Felsen, die dir vertraut waren in deiner Jugend."

Da erkannte Odysseus die heilige Höhle der Nymphen und den Berg Neriton mit seinen Wäldern, durch die er so oft gestreift war. Er kniete nieder und küßte die mütterliche Erde und hob die Hände und grüßte die Nymphen und versprach ihnen reichliche Opfer.

„Jetzt aber höre, mein Lieber", fuhr Athene fort, „du bist zwar in Ithaka, und ich werde dir helfen. Aber auch hier warten noch Leiden und Gefahren auf dich, die du bestehen mußt, bevor du dich an deiner Rückkehr in die Heimat und an den Deinen in Frieden erfreuen kannst. Zunächst einmal darf niemand auf Ithaka wissen, daß du wieder da bist. Du darfst keinem sagen, wer du bist, bevor ich es dir erlaube. Laß uns aber zuerst die Geschenke in der Höhle verbergen, damit sie dir nicht geraubt werden!"

Das taten sie, und Athene rückte einen großen Stein vor die Grotte. Dann setzten sie sich am Fuß des Ölbaums nieder. Und Athene erzählte Odysseus alles, was auf Ithaka geschehen war und weiterhin geschah, ohne daß Penelope oder Telemach etwas ändern konnten am wüsten Treiben der Freier.

„Da hätte es mir ja fast so ergehen können wie dem armen Agamemnon", sagte Odysseus. „Den hat doch bei seiner Heimkehr aus dem Krieg seine Frau im Bad erschlagen. Aber ich werde schon fertig werden mit den Freiern! Mit deiner Hilfe, Helläugige, würde ich auch mit einem ganzen Heer schwerbewaffneter Feinde fertig."

„Wir werden ja sehen", sagte Athene. „Nun also höre, was ich dir vorschlage. Ich werde dich unkenntlich machen; du wirst ein alter, ganz zerlumpter Bettler sein mit trüben Augen und verrunzelter Haut. So garstig muß du überall in Ithaka erscheinen, auch bei Penelope und Telemach und deiner Dienerschaft. Zuerst gehst du zu Eumaios, dem obersten deiner Schweinehirten, der dir immer treu geblieben ist und dein Eigentum gut verwaltet hat. Andere Diener sind zu den Freiern übergelaufen. Bitte den Eumaios, daß er dich aufnimmt, und bleibe bei ihm; er wird dir viel erzählen können. Ich muß jetzt zuerst einmal nach Sparta, um Telemach zurück nach Ithaka zu holen. Er hat sich nämlich bei Nestor und Menelaos nach deinem Geschick erkundigt. Die Freier wollen ihn bei seiner Heimkehr umbringen – aber fürchte nichts! Ich passe schon auf, und alles wird gut werden."

Athene stand auf und berührte Odysseus mit ihrem Stab. Sogleich merkte er, wie er kleiner wurde und gebeugt, wie sein Gesicht viele Runzeln bekam. Er roch den Gestank der Lumpen, die jetzt überall an ihm herumhingen. Die Göttin reichte ihm einen Stecken, auf den der humpelnde Greis sich stützen konnte, warf ihm noch ein ganz kahles Fell eines alten Hirsches um die Schultern und darüber an einer verknoteten Schnur einen alten zerrissenen Ranzen. Dann lächelte sie zum Abschied – und schon war sie verschwunden.

Der greise Bettler stieg nun hinauf zum Haus des Eumaios, das von einem großen Hof umgeben war, ringsum von schönen Birnbäumen eingefaßt und von Pfählen umsäumt. Zwölf Schweinekoben standen nahe

11 8976-14

beieinander im Hof, in jedem suhlten sich fünfzig Sauen. Die Eber, die draußen herumliefen, waren lange nicht so zahlreich, denn die ewig hungrigen Freier forderten von Eumaios immer die besten Masteber für ihre Mahlzeiten. Vier große, wild aussehende Hunde bewachten die Schweine, und als sie den fremden Bettler sahen, schlugen sie an und rannten wütend und kläffend auf ihn zu. Odysseus erschrak: Würden ihn jetzt auf dem eigenen Grund und Boden die eigenen Hunde anfallen?

Da kam aber Eumaios aus dem Haus und vertrieb die Hunde. Er ging auf den Bettler zu und sagte freundlich: „Fast hätten sie dich zerrissen, Alter, und das wäre auch für mich schlimm gewesen, nicht nur für dich. Ich habe sowieso Kummer genug, und daß die Hunde einen armen alten Mann zerfleischen, das hätte mir gerade noch gefehlt. Komm jetzt herein zu mir und erhole dich von dem Schrecken. Ich will dir Brot und Wein geben, und du kannst mir erzählen, woher du kommst und was du erlebt hast."

Odysseus freute sich über den freundlichen Empfang, und als sie sich am Tisch niedersetzten, sagte er: „Zeus und alle Götter mögen dich segnen, weil du mich Fremden aufnimmst in dein Haus."

„Zeus selbst schickt uns die Fremden und die Bettler", sagte Eumaios, „und mir selbst ist es immer gutgegangen unter meinem guten Herrn, solange er hier war. Wenn er gesund aus dem Krieg heimgekehrt wäre, hätte er mir bestimmt Haus und Land und auch eine schöne Frau geschenkt. Aber er ist längst tot."

Eumaios schlachtete zwei Ferkel und briet sie an Spießen. Als der Braten fertig war, streute er weiße Gerste darüber und setzte ihn Odysseus vor. Er stellte auch einen Napf mit süßem Wein zu dem Gedeck und sagte: „Laß dir schmecken, was für die Knechte da ist: die Ferkel. Die fetten Eber werden mir von den wüsten Männern geholt, die am Königshof um die arme Frau meines Herrn werben und sein Hab und Gut aufzehren. Sie haben keine Einsicht und auch kein Erbarmen, sonst würden sie die Götter fürchten, denen sie bis heute noch kein Opfer gebracht haben. Wie reich war mein Herr, kaum einer besaß so viel wie er: Großvieh und Schafe und Schweine und Ziegen in vielen Herden. Aber alles verfressen die Freier und bringen die Familie meines lieben Herrn ins nackte Elend."

Er erzählte noch mehr, und wortlos hörte Odysseus sich an, was er berichtete, und schwor insgeheim Rache. Nach dem Essen saßen sie beim Wein.

Und jetzt fragte Odysseus den Hirten: „Wer war denn dein Herr, der so gut zu dir gewesen ist? Wie hat er geheißen? Ich bin viel herumgekommen in der Welt, da bin ich ihm vielleicht begegnet und kann dir von ihm erzählen."

„Ach je", seufzte der betrübte Eumaios, „da sind schon viele dahergekommen und haben Lügen erzählt und reichen Botenlohn von der Herrin für ihre Lügen bekommen. Sie haben ihr alles mögliche vorgeschwatzt. Und weil sie sich so sehnt nach ihrem Mann und immer noch hofft, daß er vielleicht doch noch lebt, läßt sie sich alles erzählen. Und wenn einer gutes Essen und Trinken bekommt für ein paar rasch ausgedachte Lügen – du kennst doch die Menschen auch, Alter! Und die arme Frau hört sich das an und weint und schluchzt. Und auch wenn sie merkt, daß sie belogen wird: lieber Lügen als gar nichts will sie hören, die Ärmste... Aber mein gütiger Herr Odysseus ist bestimmt längst im Kampf um Troja gefallen. Vielleicht haben aber auch die Fische im salzigen Meer oder die Vögel seinen armen Leichnam in der Fremde aufgefressen!"

„Lieber Freund", erwiderte Odysseus, „ich weiß, du wirst mir nicht glauben, du hast keine Hoffnung mehr, und ich verstehe dich. Aber ich kann dir versprechen, du wirst auch mir einen Botenlohn geben! Denn Odysseus wird heimkehren im Lauf dieses Mondes, im gleichen Sonnenumlauf. Er wird die wüsten Männer am Hof erschlagen, und alles wird wieder gut und richtig sein in Ithaka. Dann will ich zu dir kommen und den Botenlohn fordern."

„Ach, Fremder", sagte Eumaios, „nie werde ich dir diesen Botenlohn geben können! Wie soll denn mein lieber Herr nach dieser langen Zeit noch am Leben sein? Lassen wir das, und erzähle mir jetzt von dir und deinem Geschick und wie du nach Ithaka gekommen bist."

Da dachte sich Odysseus wieder die gleiche Lügengeschichte aus, wie er sie dem Hirtenjungen, seiner Göttin, zuvor erzählt hatte. Aber er schmückte die Geschichte mit vielen Einzelheiten aus und mischte auch Wahres in seine Lügen, manches, was er wirklich erlebt hatte, die Stürme auf dem Meer und seine arge Not. Und er schloß sein Märchen damit, daß er, ein gänzlich Beraubter, von bösen Männern auf Ithaka ausgesetzt worden sei.

„Im Land der Thesproten aber", sagte er schließlich, „habe ich von deinem Herrn gehört. Er hat sich damals nach vielen Erlebnissen aufgemacht in die Heimat, und er wird bald hier sein."

„Ich kann's nimmermehr glauben", sagte der arme Eumaios. „Aber auch du hast viel Schlimmes erlebt."

Die Helfer des Sauhirten kamen nun auch zurück in sein Haus, und Eumaios befahl ihnen, für den Gast den besten Eber zu schlachten. Vor dem Essen opferten sie den Göttern.

Und als sie nach der guten Mahlzeit beim Wein saßen, wollte Odysseus Eumaios auf die Probe stellen und sagte: „Morgen früh will ich zur Stadt gehen, um mir etwas zusammenzubetteln, damit ich dir nicht länger zur Last falle. Ich will auch zum Königshof gehen. Vielleicht können die Freier meine Dienste brauchen. Ich weiß wohl, was ein Diener großer Herrn zu arbeiten hat, aber das traue ich mir zu und werde es bestimmt so gut tun wie jeder andere. Und ich verdiene mir gern mein Brot mit meiner Hände Arbeit."

„Du weißt nicht, was du sagst", erwiderte Eumaios. „Du kennst die Freier nicht. Die haben andere Diener, junge und feine Burschen. Einen alten, schwachen Mann wie dich können sie nicht brauchen, auch wenn du noch so dienstwillig bist. Bleib du bei uns, du fällst mir nicht zur Last. Und wenn der Sohn meines lieben Herrn heimkehrt, wird er dir gewiß alles geben, was du brauchst. Er wird dir helfen, Alter."

Da freute sich Odysseus, und sie unterhielten sich alle miteinander bis tief in die Nacht hinein. Dann warf Eumaios Felle von Schafen und Ziegen neben das Feuer, wo Odysseus schlafen sollte. Doch als sie sich endlich alle niederlegten, war der Morgen schon nahe.

Wiedersehen mit Telemach und Penelope

Als Odysseus und Eumaios am nächsten Morgen beim Frühmahl saßen, näherte sich dem Hof ein junger Mann. Doch die Hunde, die jeden Fremden anbellten, schlugen nicht an, sondern liefen ihm freudig entgegen und wedelten mit den Schwänzen: Telemach war heimlich nach Ithaka heimgekehrt und suchte, nach dem Rat Athenes, zuerst Eumaios auf. Der freute sich sehr, seinen jungen Herrn zu sehen, und sie gingen miteinander ins Haus.

Odysseus stand auf, als sein Sohn hereinkam. Aber Telemach sagte freundlich, der Gast möge doch sitzen bleiben. Er setzte sich selbst am Tisch nieder und wollte wissen, woher der Fremde käme. Und Eumaios berichtete ihm, was Odysseus erzählt hatte. Der aber konnte sich kaum fassen vor Bewegung und Freude, weil sein Sohn, den er doch nur als kleines Kind gekannt hatte, nun als ein junger Mann mit ihm am Tisch saß!

„Nimm den Fremden bei dir auf", sagte Eumaios schließlich. „Er ist ein alter Mann und sollte nicht mehr betteln müssen."

„Ach, Eumaios", erwiderte Telemach, „ich will ihm gerne geben, was er nötig hat, aber in meinem Haus kann ich ihn nicht aufnehmen. Da geht doch alles drunter und drüber. Nicht ich bin der Herr des Hauses, sondern diese Männer! Und ich bin viel zu jung, um mit ihnen fertig zu werden, und ganz machtlos. Sie hören ja gar nicht auf mich. Sie haben mich umbringen wollen, das ist ihnen diesmal mißglückt – aber vielleicht gelingt ihr nächster Anschlag, denn ich bin ihnen im Weg. Geh du jetzt, lieber Eumaios, bitte, zu meiner Mutter und sage ihr, daß ich heimgekehrt bin. Sie darf es aber niemand sagen, präge ihr das ein! Nur dem

Großvater soll sie heimlich eine Botschaft schicken, damit er nicht auch noch um mich trauern muß."

Kaum hatte Eumaios das Haus verlassen, sah Odysseus seine Göttin in der Tür stehen. Nur er konnte sie sehen, dem Telemach blieb sie unsichtbar. Sie winkte Odysseus mit den Augenbrauen, daß er kommen möge, und er trat zu ihr hinaus. Sie berührte ihn mit ihrem Stab, seine Lumpen fielen ab, er wurde wieder groß und schön; die Haut war braun und schwarz das Haar an seinem Kinn. Sie legte ihm einen Mantel und schönen Leibrock um und sagte: „Jetzt gib dich deinem Sohn zu erkennen! Dann aber besprecht sofort euren Anschlag gegen die Freier. Bald bin ich wieder bei euch und werde an eurer Seite kämpfen!"

Telemach wunderte sich sehr, als Odysseus zur Tür hereinkam, und sagte: „Bist du der, der eben hinausgegangen ist, oder bist du ein anderer? Bist du ein Gott, der gerade noch als armer alter Bettler bei uns am Tisch gesessen ist? Dann sei mir gnädig. Ich will dir reiche Opfer bringen!"

„Kein Gott bin ich, mein lieber Telemach", erwiderte Odysseus. „Ich bin ein Sterblicher wie du. Dein Vater bin ich, lieber Sohn, und unser Leid ist zu Ende!"

Telemach starrte den Vater fassungslos an. Er konnte nicht glauben, was er hörte; er wußte nicht, ob er weinen oder lachen sollte! Odysseus erging es kaum anders, und schließlich fielen sie einander in die Arme und lachten und weinten und fragten einander aus und konnten sich nicht sattsehen aneinander.

Dann aber meinte Odysseus, die wirkliche Freude am Wiedersehen komme ja doch erst, wenn sie das Haus von den Freiern gereinigt hätten. Darum sollten sie jetzt ihren Anschlag vorbereiten, damit die Not ein Ende habe.

„Morgen gehst du voraus, Sohn", sagte er, „und setzt dich zu den Freiern und bist einfach so wie immer, damit sie keinen Verdacht schöpfen. Laß dich durch ihr Reden nicht aus der Fassung bringen; bleibe ganz ruhig. Niemand außer dir darf wissen, daß ich hier bin, auch die Mutter nicht. Ich komme später mit Eumaios nach. Ich werde wieder der alte Bettler sein. Verstekke für dich und für mich zwei Schilder, zwei Schwerter und zwei Speere. Wir müssen in einem günstigen Augenblick, der sich ergeben wird, alle Waffen von den Wänden in der großen Halle abnehmen und vor den Freiern sicher verschließen. Das wirst du tun müssen. Und wenn die Freier dich fragen, wo die Waffen sind, dann sagst du ihnen, du habest sie entfernt, weil der Rauch schon seit langem ihrem schönen Glanz schade."

Sie besprachen noch manche Einzelheiten. Aber mitten im Planen und Vorbereiten des nächsten Tages fiel ihnen auch manches aus der Vergangenheit ein, das sie einander erzählen mußten.

Als am Abend Eumaios heimkam, saß neben Telemach wieder der alte Bettler am Tisch.

Sie schlachteten einen Eber und brieten ihn, und Telemach fragte Eumaios, was er in der Stadt erfahren habe.

„Nichts Neues", antwortete Eumaios, „aber die Männer, die dich haben umbringen wollen im Auftrag der Freier, sind zurückgekehrt, und es soll einen großen Streit gegeben haben. Sie haben es bestimmt immer noch auf dich abgesehen. Deine Mutter hat offenbar den Freiern große Vorwürfe gemacht. Da sollen sie heilige Eide geschworen haben, dir nichts anzutun, aber wer mag den Schwüren solcher Männer trauen! Sieh du dich lieber vor, damit sie dir nicht doch noch ein Bein stellen!"

Am nächsten Morgen ging Telemach in die Stadt hinein. Als er zum Königshof kam, war Euryklea, die Amme des Odysseus, der erste Mensch, der ihn heimkommen sah, und sie weinte vor Freude. Auch die andern Mägde kamen, um den jungen Herrn zu begrüßen, und küßten ihm die Hände.

Telemach ging hinein zu den Freiern, die sich um ihn versammelten und Freundliches redeten. Aber er ließ sie ihre Lügen hersagen und blieb ruhig und kümmerte sich nicht weiter um sie. Penelope kam aus ihrer Kammer herunter und begrüßte ihn, von Herzen froh, daß der Sohn gesund heimgekehrt und dem Mordanschlag der Freier entgangen war. Sie fragte ihn aus nach seiner Reise zu Nestor und Menelaos, und er erzählte ihr das eine und andere. Als sie ihn aber fragte, was er über Odysseus erfahren habe, wurde es ihm sehr schwer, sie zu belügen. Doch er dachte an die Mahnung des Vaters und berichtete ihr nur, was ihm gesagt worden war – und das war ja wenig genug.

Inzwischen hatten sich Eumaios und Odysseus aufgemacht und gingen auf die Stadt zu. Da kam Melanthios des Weges, der oberste der Ziegenhirten. Er war ganz den Freiern ergeben und brachte ihnen immer die besten Ziegen zur Mahlzeit.

Nun fuhr er die Männer zornig an: „Da kommt ein Übler mit einem Üblen! Warum führst du schäbiger Sauhirt dieses alte Schwein in die Stadt, das vom Abfall der Mähler lebt und überall um Brocken bettelt? Der ist zu faul, um zu arbeiten, das sieht man ihm an! Aber laß ihn nur zum Haus des Odysseus kommen – die Männer werden mit Schemeln nach ihm werfen!" Und er versetzte Odysseus einen Stoß.

Fast hätte Odysseus ihn gepackt und seinen Kopf am nächsten Felsen zerschmettert. Aber er bezwang sich.

Eumaios rief: „Möge doch mein Herr Odysseus heimkehren und diesem schlechten Hirten, der immer in der Stadt herumlungert und den bösen Männern willig zu Diensten ist, die Strafe bringen, die er verdient!"

Melanthios stieß einen Fluch aus und trottete weiter. Bald würde er zu Füßen des Eurymachos sitzen, dem schlimmsten der Freier. Aber Melanthios mochte ihn am liebsten.

Vor dem Haus des Odysseus warnte Eumaios noch einmal den armen Bettler vor den Freiern, die ihn gewiß schlecht behandeln würden.

„Mach dir keine Sorgen", beruhigte Odysseus ihn, „ich bin Schläge gewöhnt. Ich werde schon irgendwie mit ihnen zurechtkommen."

Da sah er vor sich einen Hund liegen. Der hob den Kopf, sah ihn an und stellte die Ohren auf, und sein Schwanz klopfte matt auf den Boden. Odysseus erkannte Argos, seinen treuen Gefährten, den er aufgezogen hatte und der ihm immer gefolgt war. Jetzt war er alt und ganz verwahrlost, sein Fell voller Läuse. Er war zu schwach, um aufzustehen – er konnte nur aus trüben Augen seinen Herrn anschauen. Odysseus war sehr bewegt von dieser Begegnung, und er hätte sich gerne zu Argos hinuntergebeugt und ihn gestreichelt. Aber er mußte seine Bewegung vor Eumaios verbergen. Odysseus ging weiter, vorüber an seinem alten Hund, der gleich, als er seinen Herrn nach zwanzig Jahren wiedergesehen hatte, die Augen schloß und starb.

Im Haus winkte Telemach den Eumaios an seine Seite. Odysseus – der alte Bettler – setzte sich auf die Türschwelle und lehnte sich an den Pfosten.

Als Telemach ihn dort sitzen sah, sagte er zu Eumaios: „Gib dem Alten Brot und Fleisch, und dann soll er bei den Freiern herumgehen und sie alle um Gaben bitten. Als armer Mann darf man sich nicht schämen!"

Odysseus dankte und aß das Brot und das Fleisch. Dann stand er auf und ging um die Tische herum und streckte die Hände zum Betteln aus. Die Freier fragten sich, woher der fremde Bettler wohl käme. Und Melanthios sagte: „Dem hat der Sauhirt den Weg hierher gezeigt!"

Antinoos fuhr Eumaios an: „Was fällt dir ein, den fremden Bettler hierher zu bringen, du Narr! Wir haben doch mehr als genug Herumstreicher hier. Und gerade du bringst einen Fremden hierher, du, der immer schimpft, daß wir vom Besitz deines toten Herrn leben!"

Eumaios wollte zornig erwidern, aber Telemach beschwichtigte ihn und sagte zu Antinoos: „Wer bist denn du, daß du einen Fremden wegjagen willst! Gib ihm, das rate ich dir! Du nimmst es ja von dem, was mir gehört. Und ich bin nicht geizig. Scheue dich ja nicht vor meiner Mutter oder vor mir oder vor unsern Dienern. Aber du willst ja lieber selber essen, als einem andern geben."

Antinoos fuhr auf, aber da sprach Odysseus ihn an: „Gib, Antinoos! Du scheinst mir einer von den Reichsten zu sein. Auch ich war ein Reicher, aber Zeus hat mir alles genommen. Reichlicher solltest du geben als alle anderen Männer am Tisch!"

„Was bist du für ein unverschämter Kerl!" schrie Antinoos, griff nach einem Schemel und schleuderte ihn nach Odysseus.

Der Schemel traf seine rechte Schulter. Aber Odysseus schüttelte nur den Kopf, ging zur Schwelle zurück, setzte sich hin und rief den Freiern zu: „Die Götter und die Geister der Rache stehen auch für die Bettler ein. Noch vor seiner Hochzeit wird Antinoos sterben!"

Der Ruf erschreckte die Freier. Es hatte ihnen nicht gefallen, daß Antinoos mit dem Schemel nach dem Bettler geworfen hatte. Aber der kümmerte sich nicht um ihre Vorwürfe und lachte verächtlich über den Fluch des Bettlers.

Penelope in ihrer Kammer hörte von diesem Zwischenfall. Sie ließ Eumaios kommen und bat ihn, den Fremden zu ihr zu schicken. Vielleicht hatte er irgendwo etwas vom Schicksal des Odysseus erfahren, das er ihr berichten könne.

Kurz darauf kehrte Eumaios zu ihr zurück. „Der Fremde", berichtete er, „bittet dich zu warten, bis die Sonne untergeht. Damit hat er gewiß recht. Ihr könnt dann ungestört miteinander sprechen, und niemand beobachtet euch."

„Klug scheint der Fremde zu sein", erwiderte Penelope. „Er bedenkt, was die frechen Männer aushecken könnten. Ich will bis zum Abend warten."

Eumaios verabschiedete sich von Telemach, da er zu Hause seine Schweine versorgen mußte. Telemach bat ihn, am Morgen mit schönen Tieren für das Opfer wiederzukommen.

Aber jetzt kam Iros, der Bettler des Ortes, in die

Halle. Als er Odysseus erblickte, wollte er den fremden Bettler wegscheuchen.

Aber Odysseus sagte: „Was tu ich dir denn? Ist auf der Schwelle nicht Platz genug für uns zwei? Benimm dich anständig, sonst lasse ich dich meine Fäuste spüren!"

„Dir werde ich's zeigen!" schrie Iros. „Alle Zähne werde ich dir aus dem Kiefer schlagen! Komm, steh auf, alter Kerl, mit dir bin ich gleich fertig!"

Antinoos beobachtete den Streit und rief: „Seht euch das an, Freunde! Die wollen miteinander kämpfen – das wird ein Spaß sein!"

Und die Freier lachten und scharten sich um die Bettler und stachelten sie zum Kampf an. Antinoos versprach dem Sieger einen wohlgefüllten Ziegenmagen.

„Ihr Herren", sagte Odysseus, „wie soll wohl ein Alter wie ich mit einem Jungen kämpfen? Aber mein Hunger treibt mich und meine Eßgier, also soll es wohl sein."

Er nahm seine Lumpen hoch und gürtete sich. Da sahen die Freier erstaunt die glatten, kräftigen Schenkel, die Arme, die breite Brust und die Schultern. Und auch Iros sah, was für ein Körper unter den Lumpen steckte. Aber nun half ihm nichts mehr, der Kampf begann. Odysseus schlug zuerst sanft zu. Iros schlug hart zurück. Da holte Odysseus weit aus, und schon lag Iros jammernd am Boden. Odysseus schleifte ihn zur Schwelle, setzte ihn hin, lehnte ihn an den Pfosten und sagte: „Da sitz jetzt und wehre die Hunde und die Schweine ab. Aber erhebe dich nie mehr über andere Bettler, du Maulheld!"

Die Freier lachten. Sie lobten Odysseus, und Antinoos gab ihm den versprochenen Siegespreis, den gefüllten Ziegenmagen.

Die Zeit ging hin, es gab noch manches Hin und Her zwischen Odysseus und den Freiern. Telemach mußte sich oft zusammennehmen, um nicht dazwischenzufahren, aber Odysseus blieb ruhig und ließ sie reden und spotten.

Der Abend kam, und Telemach sagte zu den Freiern: „Für heute habt ihr genug gepraßt. Geht jetzt zur Ruhe!"

Die Männer murrten, aber sie waren müde von all dem Essen und Trinken und Lachen und Streiten und taten nur so, als sei es ihnen zu früh zum Schlafengehen. Schließlich verschwand einer nach dem andern aus der Halle.

„Auf, Telemach!" rief Odysseus. „Jetzt laß uns die Waffen vor den Freiern in Sicherheit bringen!"

Sie nahmen die schönen Helme und Schilde und Schwerter und Speere von den Wänden der Halle ab und trugen sie fort in die hohe Kammer. Als sie alles wohl verwahrt hatten, meinte Odysseus, Telemach solle jetzt schlafen gehen, um sich auszuruhen und zu stärken für den kommenden Tag der Entscheidung.

Er blieb allein in der Halle sitzen. Nicht lange darauf

kam Penelope aus ihrer Kammer die Treppe herunter. Nach zwei Jahrzehnten der Trennung sah Odysseus sie wieder. Sie erschien ihm schöner denn je, und schwer wurde es ihm, daß er nicht aufspringen und sie umarmen konnte. Penelope setzte sich auf einen Lehnstuhl am Feuer und befahl einer Magd, für den Bettler einen Sessel zu bringen und ein Fell darüber zu werfen. Sie winkte ihm, und er kam und setzte sich in den Sessel.

„Woher kommst du, Fremder?" fragte sie. „Wo lebt deine Familie?"

„Ach", erwiderte Odysseus, „frage mich nach allem auf der Welt, aber nicht nach meiner Heimat. Das schmerzt mich zu sehr. Ich möchte dir nicht meinen Jammer vorklagen."

„Aber ich bin doch selbst traurig und bekümmert", erwiderte Penelope. „Wie lange schon sehne ich mich nach der Heimkehr meines lieben Mannes, dem herrlichsten unter den Männern! Er aber kehrt nicht zurück, vielleicht ist er längst tot... Und wie schlimm geht man hier mit mir um! Einen dieser Männer werde ich heiraten müssen, denn ich weiß mir keinen Rat mehr. Lenke mich ein wenig ab von meinen schweren Gedanken und erzähle mir von dir."

Und Odysseus erzählte ihr die gleiche Geschichte wie dem Eumaios. Und dann sagte er, vor langer Zeit sei er einmal dem Odysseus begegnet.

Sie mußte weinen, als sie das hörte, und erklärte: „Fremder, mir haben schon so viele Leute gesagt, daß

12 8976-14

sie Odysseus gesehen hätten. Aber das waren wohl lauter Lügen – ich kann das alles nicht mehr glauben. Und doch wüßte ich gern, ob es wahr ist, daß du ihn gesehen hast. Sage mir, was er für Kleider trug bei eurer Begegnung. Dann werde ich wissen, ob du die Wahrheit sagst oder nicht."

„Es ist zwar lange her", erwiderte Odysseus, „aber ich will versuchen, mich zu erinnern. Er trug einen Mantel aus roter Wolle, daran war eine goldene Spange, eine sehr schöne Goldschmiedearbeit: ein Hund, der sich in ein Rehkalb verbeißt. Und Odysseus hatte einen Herold bei sich, einen krausköpfigen jungen Mann, der hieß Eurybates."

Da weinte Penelope vor Freude und sagte: „Den Mantel und die Spange hat er von mir. Du hast mich nicht belogen. Ich will dich hier im Haus als meinen lieben und geachteten Gast aufnehmen, auch wenn mein liebster Mann niemals zu mir zurückkommen wird."

„Penelope", bat Odysseus, „gräme dich nicht mehr! Dein Mann wird heimkehren! Er ist schon ganz nahe und wird bald bei dir sein. Das kann ich dir schwören, und Zeus ist mein Zeuge."

„Ach, Lieber", erwiderte Penelope, „wie schön wäre es, wenn das wahr würde! Aber ich kann es nicht glauben nach der schrecklich langen Zeit."

Dann gab sie den Mägden Anweisungen, dem Fremden in der Vorhalle das Lager für die Nacht zu bereiten, ihn aber vorher zu baden und zu salben. Odysseus unterbrach sie und sagte, das wolle er nicht, daß die Mägde ihn bedienten.

„Aber wenn du eine alte, erfahrene Dienerin hast", fuhr er fort, „die vieles erlebt hat und vieles weiß – von ihr ließe ich mir gerne die Füße waschen."

„Aber ja", sagte Penelope, „eine solche Frau ist bei mir. Sie heißt Euryklea und ist die Amme meines lieben Mannes, sie hat ihn gepflegt und aufgezogen seit seiner Geburt."

Sie ließ die Amme rufen.

Euryklea erschien und blieb vor Odysseus stehen und sagte: „Wie merkwürdig! Viele Fremde habe ich schon kommen und gehen sehen, aber nie einen Mann, der meinem lieben Herrn so ähnlich sieht wie du!"

„Ja", sagte Odysseus, „das habe ich schon oft gehört, daß ich deinem Herrn gleiche."

Euryklea stellte die Wanne vor ihn hin, er zog sich aber etwas ins Dunkel zurück, denn er ahnte schon, was nun geschehen würde, was aber Penelope noch nicht erfahren durfte.

Als Euryklea seine Füße faßte, um sie zu waschen, erkannten ihre Finger die Narbe jener Wunde, die der Zahn des Ebers dem Jungen einst geschlagen hatte. Vor Schreck ließ die Amme das Bein los, es platschte in die Wanne, und das Wasser schwappte über den Wannenrand auf den Boden. Euryklea schluchzte auf vor Freude und sagte: „Ach, liebes Kind, bist du wieder da! Aber erst, wie ich dich angefaßt habe, habe ich dich erkannt!"

Sie blickte zu Penelope hinüber und wollte ihr sagen, was sie nun wußte.

Aber Odysseus zog sie zu sich heran und flüsterte ihr zu: „Mütterchen, schweige, ich bitte dich! Sag es ihr noch nicht. Erst wenn die Freier bestraft sind, soll sie alles erfahren! Vertraue mir und sage niemandem, daß ich hier bin."

Da wusch und salbte Euryklea schweigend die Füße ihres Herrn und ließ dann die beiden in der Halle allein.

„Bevor wir zur Ruhe gehen", sagte Penelope, „will ich dir sagen, was ich für morgen vorhabe. Die Freier lassen sich nicht mehr hinhalten, sie wollen, daß ich mich entscheide. Morgen ist der schreckliche Tag, an dem ich das Haus meines lieben Mannes verlassen muß, um einem verhaßten Fremden als Frau zu gehören. Ich will aber nicht wählen unter ihnen, denn ich kann keinen leiden und will keinen zum Mann. Die Götter sollen entscheiden."

„Aber wie", fragte Odysseus, „willst du erfahren, wen die Götter dir zum Gatten bestimmt haben?"

„Ich will einen Wettkampf ansetzen", erklärte Penelope. „Odysseus hat oft zwölf Doppeläxte wie die Rippen eines Schiffes in den Hallen aufgestellt. Dann hat er seinen Bogen gespannt und den Pfeil abgeschossen durch alle Äxte hindurch. Das soll nun morgen der Wettkampf der Freier sein. Sie sollen versuchen, den Bogen meines Mannes zu spannen und den Pfeil geradewegs durch die zwölf Äxte zu schicken. Das ist sehr schwer. Aber wem es gelingt, den werde ich heiraten."

„Das scheint mir ein guter Gedanke", meinte Odysseus. „Schiebe den Wettkampf nicht auf. Und laß mich dir sagen: Eher wird dein Mann hierher kommen, als daß es auch nur einem einzigen der Freier gelingt, den Pfeil durch die Äxte zu schicken."

Die beiden wünschten einander gute Nacht. Penelope ging hinauf in ihre Kammer, und Odysseus streckte sich auf seinem Lager in der Vorhalle aus. Aber beide lagen lange sorgenvoll wach, und als sie endlich einschliefen, störten ihren Schlaf unruhige Träume.

Die Rache an den Freiern

Am Morgen faltete Odysseus die Decken seines Lagers zusammen, legte sie mit den Fellen auf einen Stuhl in der Halle, ging zur Tür hinaus ins Freie, hob die Hände zum Himmel und bat: „Vater Zeus! Aus aller Not in der Fremde und auf den Meeren bin ich jetzt endlich in die liebe Heimat zurückgekommen. Möge mir ein Mensch ein Wort dazu sagen. Du aber gib mir ein Zeichen, daß alles dein Wille ist."

Da krachte ein großer Donner hoch aus dem blauen und klaren Himmel, und gleich darauf hörte Odysseus eine der Mägde rufen: „Zeus, Herr über Götter und Menschen! Wie hast du gedonnert, und doch ist nirgends ein Wölkchen am Himmel! Möge es doch das Zeichen sein, daß die wüsten Freier heute zum letzten Mal am Tisch unseres lieben Herrn speisen."

Da war Odysseus sehr froh. Er fühlte sich gekräftigt durch das zweifache Zeichen und vertraute auf die Hilfe der Götter und Menschen zum Gelingen seines heutigen Plans.

Eumaios kam mit drei gemästeten Ebern zum Opfer. Und Melanthios, der die Ziegen zum Mahl der Freier brachte, fuhr Odysseus böse an. Der aber schwieg. Dann sprach ihn der Rinderhirt Philoitios an und klagte über das Treiben der Freier und wie ungern er ihnen diene.

„Dein Aussehen, Fremder", fuhr er fort, „erinnert mich so sehr an meinen lieben Herrn. Käme er doch endlich zu uns nach Ithaka zurück!"

„Tröste dich", erwiderte Odysseus, „bald ist dein Herr zu Hause, und du wirst mit deinen eigenen Augen das Ende der bösen Männer sehen!"

Allmählich erschienen nun auch die Freier wieder in der Halle. Sie legten ihre Mäntel ab. Ein Rind und die Schweine und Ziegen wurden geschlachtet und ihre Eingeweide gebraten. Die Freier ließen sich an den Tischen zum Mahl nieder. Der Wein floß in Strömen aus den Bechern in ihre Kehlen.

Sie stritten auch heute miteinander. Telemach kam an den Tisch und sagte ruhig seine Meinung, aber sie lachten ihn aus. Sie versuchten auch wieder, den fremden Bettler zu kränken, und einer warf einen Kuhfuß nach Odysseus, der aber schwieg.

Jetzt ließ Athene eine Verwirrung des Geistes über die schmausenden Männer kommen. Sie lachten sich halbtot über gar nichts und redeten sinnlose Worte und lallten Sätze, die weder einen Anfang noch ein Ende hatten. Der eine und andere blieb gerade noch genug bei Verstand, um das zu bemerken und sich zu verwundern darüber. Ihnen war zumute, als künde sich Übles an.

Aber nur einer, Theoklymenos, bekam ernstlich Angst. Er stand auf vom Tisch und rief: „Hört, Männer! Auf euch, die ihr hier sitzt und Böses tut und nicht auf die Zeichen achtet, wird bald großes Unheil herabkommen. Ich will mit euch nichts mehr zu tun haben!"

Und er verließ mit raschen Schritten die Halle.

Jetzt brachte Penelope mit den Bedienten aus den oberen Räumen den schönen Bogen des Odysseus und den Köcher mit den Pfeilen und die zwölf eisernen Äxte.

Trotz ihrer vernebelten Sinne merkten die Freier auf, als Penelope sagte: „Hört mich, ihr Männer, die ihr das Hab und Gut meines lieben Mannes Tag um Tag aufzehrt unter dem Vorwand, daß ihr abwarten wollt, bis ich mich für einen von euch entscheide! Heute ist der Tag gekommen, an dem ihr erfahren werdet, welchen Gatten mir die Götter bestimmt haben. Seht hier! Wer diesen Bogen des Odysseus am leichtesten mit seinen Händen spannen und dann den Pfeil geradeaus durch die zwölf Äxte schießen kann, den werde ich zum Mann nehmen. Ihm werde ich folgen und dieses geliebte Haus verlassen, das ich aber niemals vergessen werde."

Telemach zog auf dem Boden eine ganz gerade Linie und stellte entlang dieser Linie die zwölf Äxte auf. Dann ergriff er den Bogen seines Vaters. Sosehr er auch hoffte, daß ihm die Kraft zum Spannen der Sehne reichen werde, es gelang ihm nicht. Als er es zum vierten Mal versuchte, winkte Odysseus ihm zu, er solle es bleiben lassen. Da senkte Telemach den Bogen und sagte: „Wie jung und schwach ich noch bin. Da habe ich versucht, den Bogen zu spannen, denn ich wollte selbst den Pfeil durch die Äxte schießen, um die Mutter im väterlichen Haus behalten zu können. Aber es ist mir nicht geglückt. Jetzt versucht euch im Wettkampf, ihr Freier, damit er bald zu Ende und die Sache endlich entschieden ist."

Die Freier standen vom Tisch auf. Und einer nach dem andern ging hin und versuchte, den Bogen zu spannen, aber keinem gelang es. Und wieder fingen sie an, miteinander zu streiten.

Odysseus sah, daß Eumaios und der Rinderhirt Philoitios die Halle verließen. Er ging ihnen rasch nach und fragte, was ihnen sei. Als sie nun klagten, wie schlimm das doch alles sei, was da im Haus vorgehe und wie nun das Schicksal der Herrin von einem Bogenschuß abhänge, sagte er: „Sorgt euch nicht mehr, ihr Getreuen. Ich bin Odysseus, den ihr so sehr vermißt habt! Und heute noch wird das böse Treiben ein Ende haben. Ich habe mir alles genau angesehen. Ich weiß, daß viele Männer und Frauen meiner Dienerschaft mich verraten haben – sie dienen jetzt den Freiern. Ihr aber und noch ein paar andere sind mir treu geblieben. Ich weiß, daß ihr mir helfen wollt. Laßt uns nun also besprechen, was als nächstes zu tun ist."

Die Hirten waren ganz außer sich vor Freude, sie weinten und umarmten ihren heimgekehrten Herrn. Odysseus beauftragte sie, alle Türen im Haus und zum Hof zu schließen, wenn es nun gleich zum Kampf käme, und die Frauen und Mägde in die Kammern zu schicken.

Als Odysseus wieder in die Halle zurückkam, waren die Freier gerade beim Weiheguß für Apollon, denn heute war der heilige Festtag des Gottes.

Als sie die Becher absetzten, sagte Odysseus: „Hört mich an, ihr berühmten Männer! Wenn ihr euch nicht einigen könnt über die Reihenfolge beim Wettkampf, verschiebt ihn doch für kurze Zeit. Ihr habt nun so lange gewartet, daß es auf ein paar Stunden mehr oder weniger nicht ankommt. Aber laßt mich doch einmal versuchen, den Bogen zu spannen und den Pfeil durch die Äxte zu schießen. Ich bin zwar alt und elend, aber vielleicht habe ich doch noch ein bißchen von der Kraft in mir, die ich früher besaß. Ich wüßte zu gern, ob ich so etwas immer noch kann."

Die Freier wurden sehr wütend und schrien ihn an, wie er, der alte zerlumpte Bettler, sich denn anmaßen könne, an einem solchen Wettkampf teilzunehmen und den mächtigen Bogen des Odysseus spannen zu wollen.

Aber Penelope unterbrach das Geschrei und sagte: „Gönnt doch dem Fremden einen Versuch. Er will mich gewiß nicht heiraten. Wenn es ihm gelingt, den Bogen zu spannen und den Pfeil durch die Äxte zu schießen, will ich ihm schöne Kleider geben und einen Wurfspieß und ein zweischneidiges Schwert, und ich will ihm auch helfen, daß er dorthin gelangt, wo er künftig leben will."

Wie da die Freier alle auf Penelope starrten, gab Odysseus den beiden getreuen Hirten ein Zeichen, daß es nun soweit sei. Und sie schlossen alle Türen und schickten die Frauen mit strengen Weisungen in ihre Kammern. Davon merkten die Freier nichts, denn sie blickten gebannt auf Odysseus, der den Bogen aufhob und in den Händen hin und her wandte und prüfte, ob das Horn in der langen Zeit nicht von Bohrwürmern zerfressen oder sonst beschädigt war. Und sie murrten, was so ein zerlumpter Bettler denn von Bogen verstehen könne.

Aber da faßte Odysseus den Bogen mit beiden Händen, spannte ihn und griff mit der rechten Hand an die Sehne und die Sehne sang wie ein Vogel. Da erschraken die Freier, denn kein einziger von ihnen hatte den Bogen zu spannen vermocht. Sie wurden ganz blaß, und dann erschraken sie noch mehr, denn jetzt ließ ein gewaltiges Dröhnen, ein Donnern vom Himmel die Halle erbeben. Odysseus freute sich über das mächtige Zeichen des Zeus, er griff nach einem Pfeil und legte ihn auf, er zog die Sehne an und schoß den Pfeil ab. Wie ein Blitz fuhr der Pfeil geradeaus durch alle zwölf Äxte.

„Telemach!" rief Odysseus. „Jetzt ist es höchste Zeit, den Männern hier das Nachtmahl zu bereiten mit Gesang und Tanz!"

Und während Telemach zu Schwert und Lanze griff und zum Vater hinüberging, streifte Odysseus die Lumpen ab und sprang auf die Schwelle, schüttelte die Pfeile aus dem Köcher und richtete den ersten auf Antinoos, der gerade den Becher hob, um zu trinken. Der Pfeil fuhr ihm in die Kehle, er stürzte zu Boden und war tot.

Die Freier fuhren hoch und rannten zu den Wänden, um nach den Waffen zu greifen – aber nirgends hingen da noch die Schilde und Schwerter und Lanzen! Und sie erstarrten vor Schrecken und Angst.

„Ihr Hunde!" rief Odysseus. „Ihr dachtet wohl, ich käme nie zurück, euch träfe nie die Strafe! Das Haus habt ihr mir ausgeraubt und mein Weib bedrängt. Ihr habt die Götter nicht gescheut und nicht die Menschen. Jetzt aber kommt das Verderben über euch alle!"

Eurymachos wollte voller Furcht retten, was vielleicht noch zu retten war, und rief: „Halte ein, Odysseus! Du hast ja recht mit dem, was du sagst. Dir und deinem Haus ist übel mitgespielt worden. Aber glaube mir, der Anstifter von allem Bösen war Antinoos, und ihn hast du getötet. Er war an allem schuld, er wollte König von Ithaka werden, und er war es auch, der deinen Sohn hat umbringen wollen. Er verdient seinen Tod. Wir andern aber wollen dir gerne alles erstatten, was dir geraubt worden ist, und wir wollen noch viel mehr Gold dazulegen, bis du ganz befriedigt bist. Darum schone uns, laß uns leben!"

„Eurymachos", sagte Odysseus, „nichts nützt dir dein Reden und Lügen. Auch wenn ihr mir euer gesamtes Erbe von euren Vätern her versprecht, ihr habt nur eine Wahl – versucht zu fliehen oder kämpft! Das steht bei euch. Aber was ihr auch tut, keiner von euch wird dem Tod entgehen!"

Da riß Eurymachos sein scharfes Schwert aus der Scheide und zog es gegen Odysseus. Aber der schnellte den nächsten Pfeil vom Bogen. Und der Pfeil durchschoß Eurymachos die Brust, daß er stürzte und das Leben aus ihm wich.

Jetzt brachte Telemach dem Vater den Helm und den Schild und die Lanze und rüstete sich selber zum Kampf. Auch die beiden treuen Hirten bewaffneten sich, denn die Freier hatten endlich begriffen, daß es um ihr nacktes Leben ging, und stürmten an gegen Odysseus.

Der aber schoß einen Pfeil nach dem andern ab, und ein Freier nach dem andern stürzte getroffen zu Boden. Als die Pfeile alle verschossen waren, ergriff Odysseus zwei starke Speere, um weiterzukämpfen.

Melanthios aber, der böse Ziegenhirt, ahnte, wo die Waffen, die von den Wänden verschwunden waren, verwahrt sein könnten. Es gelang ihm, aus der Halle zu kommen, und er lief hinauf in die Kammer, raffte die Waffen zusammen, so viele er tragen konnte, und brachte sie den Freiern, die noch kampffähig waren. Dann rannte er wieder hinaus, um noch mehr Waffen zu holen. Eumaios aber war ihm gefolgt, er schlug ihn nieder und fesselte ihn und hängte ihn am Sparren des Daches auf.

Athene hatte von Anfang an alles beobachtet, was in der Halle geschah. Jetzt aber, als die Freier über Waffen verfügten und auf Odysseus eindrangen, griff sie wunderbar in den Kampf ein. Die Speere, die nach ihrem Schützling geschleudert wurden, trafen ihn nicht – sie fuhren in die Wände, in die Türen, in die Pfosten. Odysseus aber und Telemach und die beiden treuen

Diener töteten einen Freier nach dem andern. Und endlich lagen alle Männer regungslos am Boden, verstreut da und dort in der Halle oder übereinandergehäuft, wie der Tod sie ereilt hatte. Blut troff aus den Leibern. Blutgeruch erfüllte die weite Halle; befleckt von Blut waren die Sieger.

Odysseus sah sich um. Durch Telemach ließ er die Amme Euryklea rufen. Sie kam, und als sie die toten Männer sah und zwischen den Erschlagenen ihren lieben Odysseus, besudelt von Blut, wollte sie über die gelungene Rache zu jubeln beginnen. Aber Odysseus hob die Hand und mahnte: „Juble nicht über die Toten. Das ziemt sich nicht. Und auch zur Freude ist es zu früh. Erst muß das Haus geordnet und gereinigt sein. Du kennst die Diener und Dienerinnen, die mich an die Freier verraten und ihnen gedient haben, statt mir treu zu sein. Sie sollen die Toten hinaustragen und das Blut und den Schmutz vom Boden aufwischen und auch von den Tischen und Stühlen. Dann aber sollen sie sterben, denn sie haben den Tod verdient durch ihren Verrat."

Alles geschah, was Odysseus befohlen hatte. Dann ließ er ein Feuer anzünden und die Halle ausschwefeln. Euryklea kam mit den getreuen Mägden. Die trugen Freudenfackeln in den Händen und umdrängten und umarmten den heimgekehrten Herrn. Das rührte ihn sehr, und am liebsten hätte er wie sie vor Freude geweint.

Nun stieg Euryklea hinauf und ging in die Kammer

Penelopes und sagte zu ihr: „Wach auf, liebes Kind, und freue dich! Odysseus ist heimgekehrt in sein Haus, und er hat alle Freier erschlagen. In der Halle wartet er voller Freude auf dich!"

„Aber, Mütterchen", sagte Penelope, „was redest du da, du mußt ja verrückt sein! Sonst bist du doch immer vernünftig – was ist denn in dich gefahren? Habe ich nicht Kummer genug? Warum weckst du Böse mich aus dem Schlaf, der mich mein Leid wenigstens für ein paar Stunden vergessen läßt. Laß mich weiterschlafen und verspotte mich nicht länger."

»Aber ich spreche die Wahrheit!" sagte Euryklea. „Komm mit mir hinunter und überzeuge dich selbst! Odysseus wartet auf dich!"

„Ach, Euryklea", erwiderte Penelope traurig, „einer von den Unsterblichen, ein Gott, wird gekommen sein in der Gestalt meines lieben Mannes, um mich zu befreien von den bösen Freiern, denn die haben die Götter nicht geehrt. Wie aber soll denn Odysseus, der doch längst tot ist, mich da drunten in seinem Haus erwarten?"

„Sei nicht so ungläubig, Töchterchen", sagte die Amme. „Als ich ihm die Füße wusch, haben meine Finger die Narbe vom Hauer des Ebers erkannt, die du auch kennst. Kein Gott wartet da unten, sondern dein lieber Mann! Er wollte nicht, daß du etwas weißt von seiner Heimkehr, bis ihm der Sieg über die Freier gelingen würde. Er hat sich nur deinem Sohn und mir zu erkennen gegeben. Jetzt aber ist es soweit – er hat die Freier getötet, er hat alles vollendet! Jetzt will er dich endlich umarmen. Komm mit hinunter und laß ihn nicht noch länger auf dich warten!"

Da gab Penelope nach, obwohl sie immer noch ungläubig war, und ging mit Euryklea in die Halle und setzte sich auf den Lehnstuhl am Feuer. Odysseus saß am großen Pfeiler und blickte zu Boden und fragte sich, ob Penelope ihn nun erkennen und was sie zu ihm sagen würde. Aber sie war wie erstarrt. Sie blickte ihn an und meinte ihn zu erkennen. Aber dann meinte sie, die Hoffnung täusche sie, und sie wagte nicht, etwas zu sagen.

„Mutter!" rief Telemach vorwurfsvoll. „Warum setzt du dich nicht hin zum Vater oder läßt ihn bei dir sitzen? Warum begrüßt du ihn nicht und befragst ihn? Was hast du für ein hartes Herz! Zwanzig Jahre lang hat er fern von der Heimat umherirren müssen, und jetzt, da er endlich heimgekehrt ist und die Freier besiegt hat, will seine Frau ihn nicht ansehen und nicht mit ihm sprechen! Was muß er denn von dir denken?"

„Ach, liebes Kind", erwiderte Penelope, „was soll ich sagen, wenn mir doch das Herz in der Brust erstarrt ist... Wie lange habe ich vergeblich auf ihn gewartet von Tag zu Tag! Wie soll ich denn jetzt auf einmal glauben, daß er wirklich heimgekehrt ist? Aber wenn der Mann, der dort sitzt, wirklich Odysseus ist, wenn er mein lieber Mann ist, dann werden wir uns erkennen.

13 8976-14

Denn es gibt Zeichen für uns, von denen sonst kein Mensch etwas weiß."

Da lächelte Odysseus und sagte zu Telemach: „Ich glaube, wir Männer sollten uns nun alle erst einmal waschen und schöne Kleider anziehen, denn wir sehen ja noch ganz wüst aus. Und der Sänger mag inzwischen kommen und singen. Dann wird das Volk, das draußen vorbeigeht, denken, hier würde eine Hochzeit gefeiert."

Als er zurückkam aus dem Bad, gut gekleidet und mit glänzendem Kraushaar, setzte er sich Penelope gegenüber ans Feuer und sagte: „Du Seltsame hast wirklich ein hartes Herz. Wie kann eine Frau ihrem Mann fernbleiben, wenn sie ihn nach zwanzig langen Jahren der Trennung endlich wiedersieht!"

„Nun", erwiderte Penelope, „ich weiß wohl, wie der aussah, der mich vor zwanzig Jahren verlassen hat, um in den Krieg nach Troja zu fahren. Aber das ist sehr lange her. Wir alle sind doch wohl müde nach diesem Tag. Liebe Euryklea, schlage diesem Mann, wer er auch sei, vor meiner Kammer das Bett auf, das Odysseus selbst angefertigt hat, und lege gutes Bettzeug hinein."

Da fuhr Odysseus auf und sagte: „Was redest du da, Frau? Wer denn kann unser Bett an irgendeine andere Stelle rücken? Keiner vermag das hinwegzuwuchten von seinem Platz! Denn ich habe doch zuerst das Bett gefertigt aus dem Ölbaum, der aus der Erde durch das Gerüst des Hauses wuchs. Und erst, als das Bett fertig war, habe ich um das Bett herum unser Schlafgemach gebaut. Wie gut erinnere ich mich noch an diese Arbeit! Kunstvoll habe ich unser Bett ausgelegt mit Gold und Silber und Elfenbein, unser Bett aus dem Stamm des Ölbaums. Ist es aber nach der langen Zeit immer noch mein Bett? Oder hat ein anderer Mann den Ölbaum abgesägt und dann das Bett weggeschafft von seinem Platz in unserm Schlafgemach?"

Jetzt stand Penelope auf, schluchzend vor Freude, und umarmte und küßte Odysseus und sagte: „Sei mir nicht böse, liebster Mann, wenn ich dich auf die Probe gestellt habe. Ich habe ja nicht zu hoffen gewagt, daß du mir wirklich wiedergegeben bist! Und wie hätte ich auch daran glauben sollen nach all den Jahren und nach all den Lügen, die man mir über dich erzählt hat."

Sie hielten einander umarmt und lachten und weinten vor Freude. Und alle freuten sich mit ihnen und konnten kaum fassen, daß nun alles Schlimme vorüber war und Odysseus wieder der Herr seines Hauses und seines Landes sein würde.

Bald aber ging das Paar hinauf in das Schlafgemach, und sie erzählten einander alles, was sie während der Trennung erlebt hatten. Und die Göttin Athene hielt die Nacht an, damit sie länger dauere für die beiden Glücklichen.

In der dämmernden Frühe des nächsten Morgens sagte Odysseus zu Penelope: „Ich will jetzt mit unserem Sohn und den beiden treuen Hirten hinausgehen aufs Land, damit meinen armen Vater die Sorgen um mich und der Verfall seines Hauses nicht mehr bedrücken können und er sich endlich wieder seines Lebens freuen kann! Bald aber wird sich in der Stadt herumsprechen, was gestern hier geschehen ist. Die Leute werden erfahren, daß ich die Freier getötet habe. Das wird böses Blut machen. Bleibe du also mit deinen Frauen in den oberen Gemächern, schau nicht hinaus und sprich mit keinem Menschen sonst."

Er rüstete sich und weckte Telemach, Eumaios und Philoitios und befahl ihnen, sich gut zu wappnen. Dann brachen sie auf. Draußen wurde es schon hell, aber Athene verbarg ihre Gestalten und führte sie schnell zur Stadt hinaus, dem Landhaus des Laertes entgegen.

Wie Odysseus vermutet hatte, ging bald nach Sonnenaufgang in den Straßen und Häusern der Stadt das Gerücht um, Odysseus habe die Freier erschlagen. Von überall her kamen nun die Angehörigen zum Haus des Odysseus und suchten unter den vielen Erschlagenen weinend ihre Söhne, um sie heimzutragen und zu begraben. Die Leichen der Freier, die aus anderen Ländern gekommen waren, trugen sie an die Küste, damit sie von den Fischern auf den Schiffen in ihre Heimat gebracht werden könnten.

Anschließend versammelten sich die Ithaker auf dem Markt und berieten in ihrer großen Trauer um die Verstorbenen miteinander, was nun geschehen solle, da der nach zwanzig Jahren heimgekehrte König gleich nach seiner Ankunft so viele Söhne der Adligen getötet hatte.

Eupithes, der Vater des von Odysseus erschlagenen Antinoos, sprach zu den Versammelten: „Was für ein König ist dieser König! Da nimmt er die Besten unseres Volkes auf den Schiffen mit in den Krieg um das ferne Troja, und allein durch seine Schuld sind sie alle längst vernichtet, die Männer und die Schiffe. Und jetzt nach zwanzig Jahren kehrt er heim. Was aber tut er als erstes auf Ithaka? Er bringt die edelsten Söhne seines Volkes um! Und das sollen wir uns gefallen lassen? Einem solchen Herrscher sollen wir dienen? Laßt uns sofort gegen ihn ziehen, um ihn zu bestrafen für sein wüstes Morden. Sonst werden wir bei denen, die nach uns leben, als verächtliche Schwächlinge gelten. Ich wäre freilich lieber tot, weil mein Sohn tot ist, aber ich muß seinen Tod rächen. Kommt, beeilt euch, denn wahrscheinlich ist Odysseus aus Furcht vor unserer Rache schon auf dem Weg zur Küste, um auf das Festland zu fliehen."

Viele Adlige stimmten ihm zu. Aber da kam Medon, der Herold des Odysseus, zu der Versammlung. Und alle staunten, als sie ihn sahen. Sie hatten gemeint, auch er sei unter den Erschlagenen, denn er hatte den Freiern gedient. Odysseus aber hatte erfahren, daß er ihnen nur gezwungenermaßen zu Diensten gewesen war, den paar Getreuen und Penelope und Telemach aber immer geholfen hatte, wie er nur konnte. Darum hatte Odysseus sein Leben geschont.

„Hört mich an, ihr Männer", rief Medon den Versammelten zu, „und glaubt mir! Odysseus hat den Mord an den Freiern nicht aus eigenem Willen und nicht aus Lust am Töten begangen! Ich war dabei gestern, ich habe alles gesehen. Die Götter selbst haben das beschlossen und gewollt, was Odysseus getan hat. Ich selber habe den Gott gesehen, der ihm beistand und ihm Mut und auch den Sieg verliehen hat. Er glich dem Mentor, und ich sah, wie er die Freier durch die Hallen gejagt und sie verfolgt hat und wie sie fielen, einer nach dem andern."

Als sie das hörten, erschraken sie und begannen, sich zu fürchten.

Dann begann der alte Seher Halitherses zu sprechen, der das Vergangene und das Künftige wußte: „Ich meine es gut mit euch, ihr Männer von Ithaka, darum hört aufmerksam auf das, was ich euch sagen muß! Bedenkt doch, daß ihr selbst schuld seid an dem Schrecklichen, das gestern geschehen ist! Ihr habt nicht auf meine Warnungen, ihr habt auch nicht auf Mentor gehört, sondern ihr habt eure Söhne treiben lassen, was sie wollten, ohne sie zurückzuhalten von dem Schlechten, das sie taten. Sie haben nicht gut und recht gehandelt. Sie haben über Jahre hin die Gattin unseres besten Mannes, unseres Königs, belästigt und geplagt. Sie haben sich in seinem Haus herumgetrieben und sein Hab und Gut aufgezehrt, weil sie meinten, er würde nie mehr heimkehren. Ich bitte euch, seid jetzt klug, bedenkt meinen Rat und befolgt ihn: Zieht nicht gegen Odysseus, bekämpft ihn nicht! Sonst tut ihr euch nur selbst das Schlimmste an."

Manche der Adligen dachten über die Reden des Medon und des Halitherses nach. Trotz der Trauer um die toten Söhne mußten sie ihnen recht geben.

Mehr als die Hälfte der Versammelten aber schrie empört durcheinander, denn was Eupithes gesagt hatte, gefiel ihnen besser. Sie wollten sich rächen und gingen nach Hause, um ihre Waffen zu holen. Nachdem sie sich gerüstet hatten, versammelten sie sich vor der Stadt, um Odysseus zu verfolgen und sich an ihm zu rächen. Eupithes, ganz von Sinnen vor Rachedurst und darum ganz unverständig, führte sie an.

Inzwischen war Odysseus mit den Seinen am Landhaus seines Vaters angelangt.

„Geht jetzt hinein", sagte er, „und schlachtet den besten Eber, den ihr findet, zu der Mahlzeit, die wir nachher miteinander halten wollen. Ich will im Garten meinen Vater suchen und ihn auf die Probe stellen. Ich bin gespannt, ob er mich gleich erkennt oder ob die vielen Jahre der Trennung mich so verändert haben, daß er gar nicht merkt, wer da endlich zu ihm heimgekommen ist."

Er ging in den großen Obstgarten, aber da war niemand, nicht der alte Diener Dolios und auch nicht dessen Söhne oder irgendwelche Knechte. Dann aber erblickte Odysseus endlich seinen Vater – und sein Anblick erschütterte ihn. Denn Laertes sah ganz elend aus, sein Leibrock war schäbig und schmutzig und die Risse im Stoff schlampig zusammengeflickt. Er trug Handschuhe und rindslederne Gamaschen, damit er sich bei der Arbeit im Garten die Hände und Beine nicht an den Dornen aufritzte, und eine Kappe aus Ziegenfell zum Schutz gegen die Sonne. Aus seinem alten, müden Gesicht sprach der lange, schwere Kummer.

Am liebsten wäre Odysseus auf den Vater zugestürzt, um ihn zu umarmen. Aber er mußte bei seinem Anblick so weinen, daß er sich hinter dem Stamm eines Birnbaums verbarg, um sich erst einmal zu beruhigen. Und dann meinte er, es sei doch besser, was er zunächst vorgehabt hatte: den Vater auf die Probe zu stellen.

Laertes war gerade dabei, die Erde aufzugraben, um einen Setzling zu pflanzen, als Odysseus zu ihm trat und ihn ansprach. „Alter", sagte er, „ich sehe, du verstehst etwas vom Gartenbau. Alles, was ich da weit herum sehe im Garten, ist gut gepflegt, wahrhaftig! Die Setzlinge, die Gemüsebeete, die Weinstöcke und alle Bäume gedeihen offenbar ganz prächtig unter deiner Hand. Sei mir aber nicht böse, wenn ich dir jetzt etwas frei heraus sage, denn ich meine es gut mit dir: Du selbst siehst nicht aus wie der schöne Garten, der dir deine Mühe und Sorgfalt lohnen und deinen Herrn, den Besitzer des Gartens, jeden Tag gewiß sehr erfreuen wird. Zwar bist du alt, und das Alter mag manchmal müde machen und traurig – aber das ist doch kein Grund, so ruppig und schmutzig herumzulaufen wie du. Dein Herr ist bestimmt nicht schuld daran, wenn du nachlässig gekleidet bist. Er ist dir sicher dankbar für die Pflege seines Gartens und wird dich gut dafür belohnen. Außerdem siehst du nicht aus wie ein Sklave, wie ein knechtischer Mensch, sondern trotz des Schmutzes und der Lumpen wie ein Herr, ein königlicher Mann, das erkenne ich wohl. Und wenn du dich badest und saubere neue Kleider anziehst, dann werden das auch alle anderen Leute bemerken."

Laertes hatte sich längst aufgerichtet und stand Odysseus gegenüber, sprachlos vor Staunen, wie ungeniert der Fremde zu ihm sprach. Aber er fiel ihm nicht ins Wort, er sah auch nicht zornig oder verärgert aus. Er wunderte sich nur, und seine Augen blickten diesen Fremden fragend an.

„Sag mir aber doch jetzt, Alter", fuhr Odysseus fort, „wem gehört denn dieser Garten? Wessen Knecht bist du? Und bin ich hier wirklich auf Ithaka? Gerade eben nämlich bin ich einem Mann begegnet, der das behauptet hat. Er schien mir aber ein ziemlicher Dummkopf zu sein. Vielleicht war er auch nur schlechter Laune oder schwachsinnig, denn er hat mir auf meine anderen Fragen überhaupt keine Antwort gegeben.

Wenn es wahr ist, daß dies hier Ithaka ist, dann wäre ich sehr froh. Denn in meinem Vaterland habe ich einmal einen Mann bewirtet, und nie ist mir ein Fremder aus einem fernen Land lieber gewesen und geblieben als er. Ganz stolz war er, als er mir erzählte, sein Vater sei Laertes von Ithaka. Ich habe ihm viele schöne Geschenke gegeben aus Gold und aus Silber und auch schöne Decken und Kleider. Und immer wünsche ich mir ein Wiedersehen mit ihm."

Da liefen Laertes die Tränen aus den Augen, und er sagte: „Ja, Fremder, es ist wahr, du bist auf Ithaka. Aber es ist längst nicht mehr das Land, das es einmal war, denn schlechte Männer haben schon längst die Herrschaft an sich gerissen. Ach, wenn du deinen Gast von damals jetzt hier treffen könntest – er würde dich gut bewirten und dir die schönen Gaben vielfach vergelten! Ich glaube aber nicht, daß er noch lebt, ich fürchte, daß der Unglückliche längst irgendwo in der Fremde zur Beute der Fische oder der Vögel oder der wilden Tiere geworden ist. Die Mutter hat den Sohn nicht zur Bestattung schmücken, die Gattin hat ihm nicht die Augen zudrücken dürfen. Die Frauen, sein Sohn und ich, der ihn gezeugt hat, wir alle haben ihn an seiner Bahre nicht beweinen und beklagen dürfen, wie es doch die Ehrung der Gestorbenen verlangt. Sage mir doch, ich bitte dich, wie lange ist es her, daß mein Sohn bei dir zu Gast war? Und wer bist du, wer sind deine Eltern, wo ist deine Heimat, und wie bist du jetzt hierher nach Ithaka gekommen?"

„Ich will's dir gerne sagen", erwiderte Odysseus. „Ich heiße Eperitos und bin der Sohn des Aphaidas und stamme aus Alybas. Aber wie das Leben so ist – ein Dämon hat mich gegen meinen Willen hierher verschlagen. Mein Schiff liegt an eurer Küste. Fünf Jahre ist es her, daß dein Sohn bei mir zu Gast war, und er war guter Dinge, als er Abschied nahm. Und beide freuten wir uns auf ein Wiedersehen."

Als Laertes das hörte, wurde er von dem Schmerz um seinen Sohn überwältigt. Er beugte sich nieder und griff mit beiden Händen in den Staub und streute laut schluchzend den Staub über sein graues Haupt. Dieser Anblick war aber nun auch für Odysseus zuviel, die Tränen sprangen ihm aus den Augen, und er riß den Vater in seine Arme und hielt und küßte ihn und sagte: „Ich bin's, Vater! Ich bin der, nach dem du gefragt hast, ich bin dein Odysseus! Im zwanzigsten Jahr bin ich endlich heimgekehrt nach Ithaka. Und gestern habe ich die Freier büßen lassen für alles, was sie uns angetan haben. Ich habe sie alle erschlagen. Sie sind tot."

Für den alten Laertes aber war das, was er da hörte von dem Fremden, ganz unbegreiflich. Er konnte nicht glauben, daß sein Sohn vor ihm stand, darum sagte er jetzt: „Wenn das wahr ist, wenn du wirklich mein Sohn, wenn du Odysseus bist – wie soll ich denn, wie kann ich deiner Rede glauben, da ich dich nach der langen

Zeit doch nicht wiedererkenne? Sag mir bitte irgend etwas, was wir beide wissen und was mir beweist, daß du die Wahrheit gesprochen hast!"

„Da, sieh die Narbe", rief Odysseus, „die mir der Eber geschlagen hat mit seinem scharfen Zahn – erkennst du sie wieder? Und noch etwas. Ich kann dir jeden Baum nennen, den du mir damals, als ich noch ein Kind war, geschenkt hast. Wir sind durch den Garten gegangen miteinander, und ich habe dich um die Bäume gebeten, und du hast mir jeden geschenkt, um den ich dich bat. Jetzt höre, wie gut ich es heute noch weiß: Es waren dreizehn Birnbäume, zehn Apfelbäume, vierzig Feigenbäume und dann noch fünfzig Weinstöcke, jeder von einer anderen Art, so daß ich durch das ganze Jahr hin immer reife Trauben pflücken konnte!"

Da glaubte der Vater endlich, daß sein Sohn vor ihm stand; jetzt konnte er nicht mehr zweifeln. Sie umarmten und küßten einander, vor Freude weinend. Als Laertes seine Fassung wiedergewonnen hatte, sagte er: „Zeus, großer Vater! Ja, ihr Götter! Noch immer lebt ihr auf dem hohen Olymp! Aber, mein lieber Sohn, bedenke: die Angehörigen der erschlagenen Freier werden sich rächen wollen an dir. Gewiß sind sie schon unterwegs hierher, um uns für den Tod ihrer Söhne büßen zu lassen!"

„Mach dir keine Sorgen, Vater", erwiderte Odysseus. „Ich habe alles bedacht und vorbereitet. Laß uns jetzt rasch zum Haus gehen; dort richten Telemach und Eumaios und Philoitios ein Mahl für uns."

Im Haus ließ Laertes sich zunächst baden und salben, dann zog er schöne neue Kleider an. Auch Athene sorgte für ihn. Sie machte den Alten kräftiger und größer, so daß sein Sohn sich wunderte, als er den Vater wiedersah wie einen neuen Menschen.

„Wahrhaftig", sagte Odysseus, „da muß ein Gott dir beigestanden haben, wie du jetzt aussiehst, lieber Vater!"

„Ach, Vater Zeus, Athene und Apollon", rief Laertes, „hätte ich doch gestern so, wie ich mich jetzt fühle, mit dir gegen die Freier kämpfen können! Wie hättest du dich gefreut an der Kraft deines alten Vaters!"

Gerade als sie sich nun an den Tisch setzen wollten zur Mahlzeit, kam der alte Knecht Dolios mit seinen sechs Söhnen heim, müde von der Arbeit auf den Feldern. Als sie Odysseus erblickten, standen sie wie erstarrt vor Staunen.

„Kommt, setzt euch", forderte Odysseus sie auf. „Wir sind alle hungrig, und wie hungrig müßt ihr erst nach eurer Arbeit sein!"

Aber Dolios mußte zuerst den Heimgekehrten umarmen und küssen. „Daß du wieder da bist!" rief er. „Wir haben nicht mehr geglaubt, daß wir dich wiedersehen würden. Die Götter selbst müssen dich heimgeführt haben!"

Auch die Söhne des Dolios begrüßten Odysseus und

drückten ihm fest die Hand. Dann aber setzten sich alle rings um den Tisch zur Mahlzeit und erzählten einander, was sie inzwischen erlebt hatten. Nach dem Essen aber schickte Odysseus einen Sohn des Dolios hinaus, damit er Ausschau halte, ob die Männer aus Ithaka schon in der Nähe seien. Gleich kam der Sohn zurück und rief: „Wir müssen uns rasch bewaffnen, sie sind da!"

Auf der Stelle rüsteten sich Odysseus und Telemach, die beiden Alten, Laertes und Dolios, und auch die Hirten und die Söhne des Dolios. Dann gingen sie aus dem Haus, Odysseus führte sie an, und Athene gesellte sich zu ihnen in der Gestalt des Mentor.

Odysseus wandte sich an Telemach und sagte zu ihm: „Jetzt mache dem Geschlecht deiner Väter Ehre, lieber Sohn!"

„Ja, Vater", erwiderte Telemach, „du wirst schon sehen, daß ich euch keine Schande mache."

„Was für ein Tag!" rief der glückliche Laertes. „Da fechten der Sohn und der Enkel einen Streit um die Tüchtigkeit aus. Wie freundlich sind uns die Götter!"

Und Athene in der Gestalt des Mentor sagte zu Laertes: „Bete zur Helläugigen, liebster Gefährte, und zum Vater Zeus! Jetzt schleudere deine Lanze gegen die Feinde!"

Und die Lanze des Laertes, von Athene gelenkt, traf den Eupithes, den Anführer der Rebellen, den Vater des Antinoos, durch den erzenen Helm, und seine

Rüstung rasselte, als er tot zu Boden stürzte. Nun schwangen auch Odysseus und Telemach die Lanzen und Schwerter und auch die anderen Gefährten. Und sie hätten wohl alle Feinde vernichtet, da aber schrie Athene hell auf und rief: „Hört auf mit dem Streit, ihr Männer aus Ithaka! Sonst kommt ihr nicht mit dem Leben davon!"

Der Schrei der Göttin schreckte die Rebellen, und sie fürchteten sich so sehr, daß ihnen die Waffen aus den Händen zu Boden fielen. Sie wandten sich um, um zu fliehen und ihr Leben zu retten. Odysseus wollte sie verfolgen, er stürmte ihnen nach. Da aber sandte Zeus wieder einmal den Blitz aus dem klaren Himmel, und der Blitz schlug ein vor der Helläugigen, der Tochter des höchsten Vaters. Sie sah Odysseus freundlich an und sagte: „Laß es nun genug sein, Lieber! Der Krieg, du weißt es, macht keine Unterschiede. Beende den Kampf. Sonst wird Zeus, der dich immer beschützt hat, dir zürnen."

Odysseus gehorchte dem Mentor, in dem sich seine Göttin verbarg, und er folgte auch dem Rat der Helläugigen, noch heute Verhandlungen einzuleiten zwischen den beiden Parteien und Schwuropfer einzusetzen, damit es zum Frieden komme auf Ithaka und zur gerechten Herrschaft.

CIP-Kurztitelaufnahme der Deutschen Bibliothek

Homerus:
Die Abenteuer des Odysseus / Homer. Dt. Bearb. von Julia Bürker. – München; Wien; Zürich; Hollywood/Fla., USA: F. Schneider, 1984.
(Klassiker)

Einheitssacht.: Odyssea ‹dt.›
ISBN 3-505-08976-1
NE: Bürker, Julia [Bearb.]

Grafische Gestaltung, Titelbild und
Illustration Oldrich Jelinek
Redaktion Angela Djuren
ISBN 3 505 08976 1
Bestellnummer 8976

Sachinformationen zum Buch

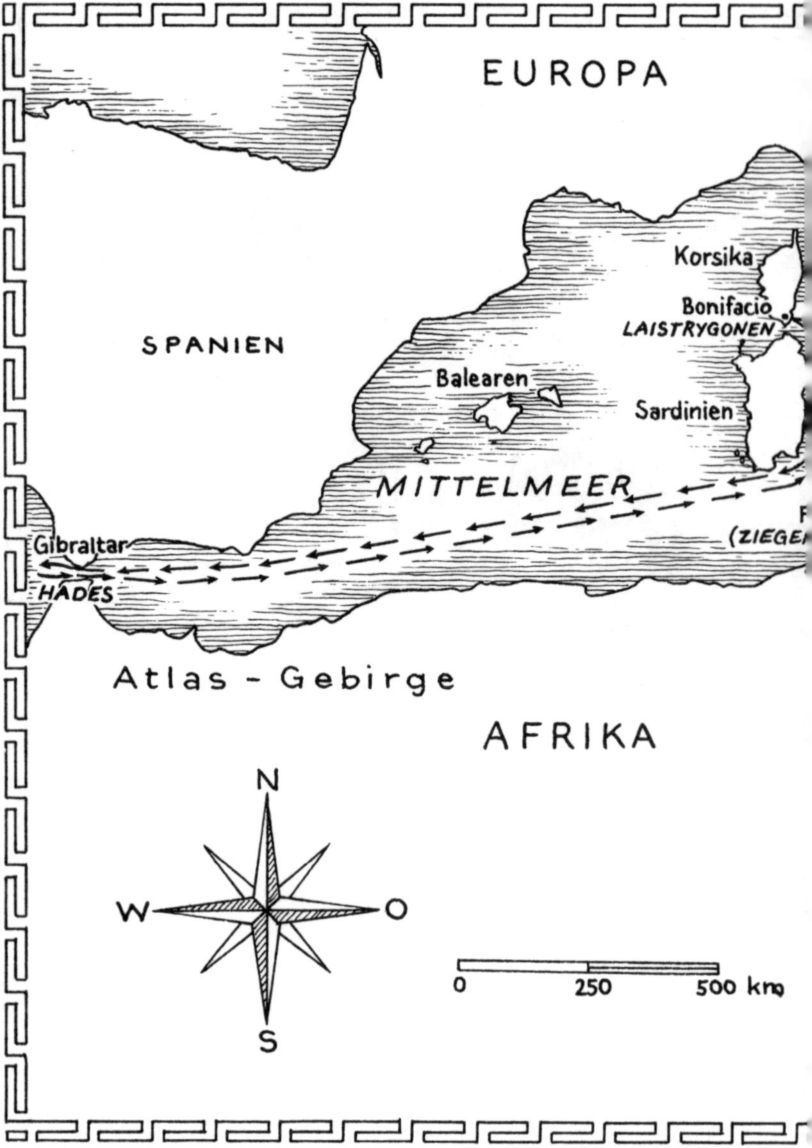
EUROPA
Korsika
Bonifacio
LAISTRYGONEN
SPANIEN
Balearen
Sardinien
MITTELMEER
(ZIEGE
Gibraltar
HADES
Atlas - Gebirge
AFRIKA
N
W
O
S
0
250
500 km

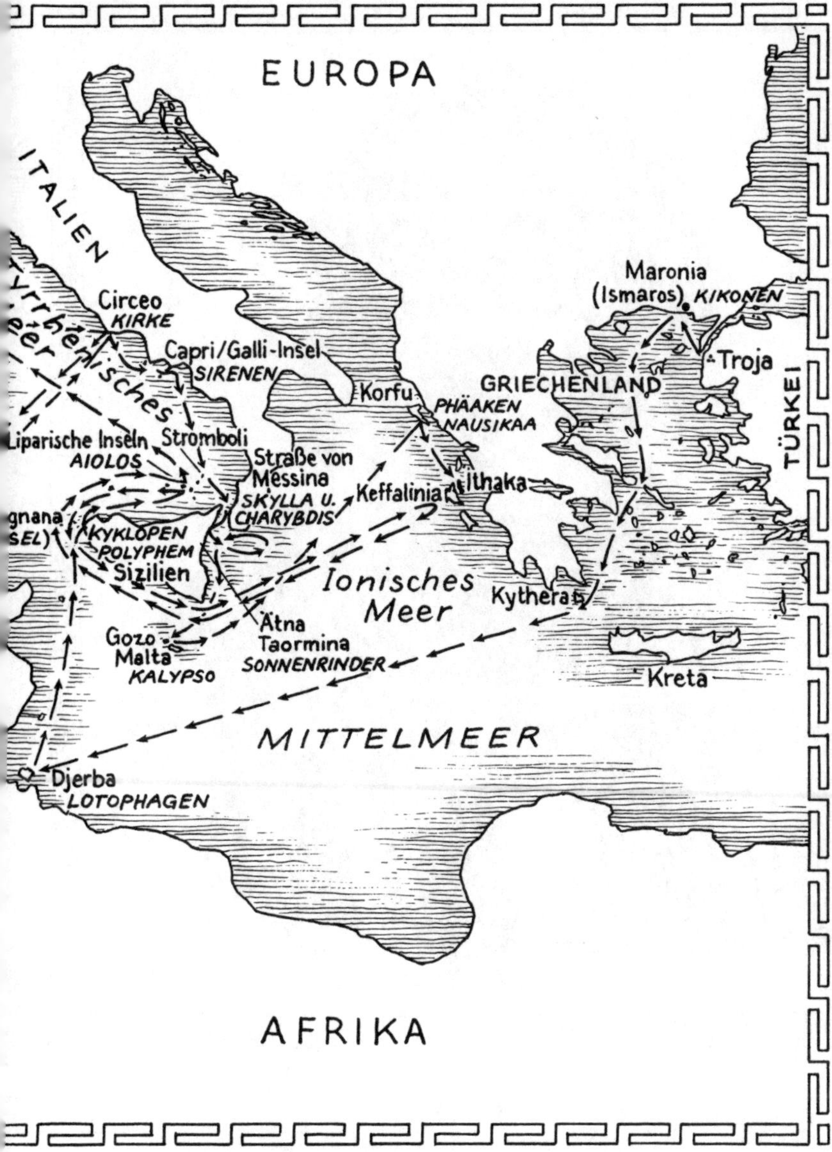
EUROPA
ITALIEN
Circeo
KIRKE
Capri/Galli-Insel
SIRENEN
Liparische Inseln
AIOLOS
Stromboli
Straße von
Messina
SKYLLA U.
CHARYBDIS
KYKLOPEN
POLYPHEM
Sizilien
Gozo
Malta
KALYPSO
Ätna
Taormina
SONNENRINDER
Korfu
PHÄAKEN
NAUSIKAA
Keffalinia
Ithaka
Ionisches
Meer
Maronia
(Ismaros)
KIKONEN
Troja
GRIECHENLAND
TÜRKEI
Kythera
Kreta
MITTELMEER
Djerba
LOTOPHAGEN
AFRIKA

HOMER
der Dichter der Ilias und Odyssee

Kleines Quiz für Neugierige

1. *Wann hat Homer gelebt?*
   Vermutlich im 8. Jahrhundert v. Chr.

2. *Wo hat Homer gelebt?*
   Vermutlich auf der Insel Chios.
   Er soll auf der Insel Ios gestorben sein.

3. *Woher nahm Homer den Stoff?*
   Die Geschichte von dem Trojanischen Krieg (Die Ilias) und den Abenteuern des Odysseus (Die Odyssee) geht auf uralte Sagen zurück, die vom Volksmund überliefert wurden. Homer hat diese Überlieferungen in Verse zusammengefaßt. Die einzelnen Kapitel werden Gesänge genannt, denn zunächst wurden diese Erzählungen auf Märkten, bei Festen und an Fürstenhöfen gesungen.

4. *Warum ist diese Sage nicht früher aufgeschrieben worden?*
   Weil die Griechen erst im Jahrhundert Homers von den Phöniziern das Alphabet übernahmen. Vorher kannten sie keine Schrift.

5. *Hat es Troja wirklich gegeben?*
   Ja! Ausgrabungen haben bestätigt, daß Troja viele Jahrhunderte lang ein reicher Fürstensitz gewesen ist. Das Troja, das Homer schildert, wurde wahrscheinlich um 1200 v. Chr. von Griechen zerstört.

6. *Wo hat Troja gelegen?*
   An der Nordwestküste der heutigen Türkei, im Altertum Kleinasien genannt.

7. *Wer hat Troja zuerst ausgegraben?*
   Heinrich Schliemann, um die Mitte des vorigen Jahrhunderts.

Die griechischen Götter

Die Götter der alten Griechen waren in gewissem Sinne Menschen wie du und ich. Sie konnten hassen und lieben, weinen und lachen, trauern und lustig sein. Der einzige Unterschied zu den Menschen bestand darin, daß sie unsterblich waren und übernatürliche Kräfte besaßen, die sie zum Wohl und Wehe der Menschen einsetzten.
Es gab so viele Götter, daß ihre Aufzählung Seiten füllen würde. Deshalb sollen hier nur die zwölf Hauptgötter erwähnt werden – die „Olympier" –, so genannt, weil sie auf dem Olymp ihren Wohnsitz hatten. Dabei werden die Götter, die bei den Abenteuern des Odysseus eine besondere Rolle gespielt haben, natürlich etwas ausführlicher dargestellt.

ZEUS

Er ist der höchste Gott der Griechen; bei den Römern wird er zu Jupiter. Seine Zeichen sind der Blitz und der Donner, die er auch dem Odysseus zur Ermutigung sendet.

HERA

bei den Römern heißt sie Juno, ist die Gemahlin des Zeus, die Beschützerin der Ehe und der Frauen.

PALLAS ATHENE

bei den Römern Minerva, ist die Tochter von Zeus, aus seinem Haupt geboren. Sie ist die Göttin der Klugheit, der handwerklichen Künste, und eine wehrhafte, aber den Frieden liebende und fördernde Schutzgöttin der Burg, der Stadt und ihrer Familien. Ihr Zeichen ist in sehr früher Zeit die Schlange, dann aber die Eule, die auch die Stadt Athen im Wappen hat. Sie trägt Lanze und Schild und ein heiliges Fell, die Aigis. Sie ist die Beschützerin und Wegweiserin des Odysseus.

APOLLON

bei den Römern heißt er Apollo, ist der Gott der Dichtkunst, des Gesanges und der Weissagung.

ARTEMIS

bei den Römern heißt sie Diana, ist die Göttin der Jagd. Sie trägt einen Köcher mit unfehlbaren Pfeilen bei sich.

POSEIDON

bei den Römern heißt er Neptun, ist der Gott des Meeres und ein Bruder des Zeus. Sein Zeichen ist der Dreizack. Da Odysseus seinen Sohn, den Kyklopen Polyphem, geblendet hat, ist er dessen erbitterter Feind.

HESTIA

bei den Römern heißt sie Vesta, ist die Göttin des häuslichen Herdes.

HEPHÄSTOS

heißt bei den Römern Vulkan. Er ist der Gott des Feuers und der hinkende Schutzpatron der Schmiede.

DEMETER

heißt bei den Römern Ceres. Sie ist die Göttin des Ackerbaus.

ARES

Bei den Römern heißt er Mars. Er ist der Gott des wilden und grausamen Krieges.

APHRODITE

heißt bei den Römern Venus. Sie ist die schöne Göttin der Liebe und der Fruchtbarkeit.

HERMES

bei den Römern Merkur, ein Sohn des Zeus, ist der Bote der Götter. Er trägt Flügelschuhe, einen Hut und einen Zauberstab. Er ist auch der Gott der Wanderer, der Reisenden, der Hirten, aber auch der Diebe und Hehler. Hermes begleitet die Menschen nach ihrem Tod in die Unterwelt. Er hilft Odysseus gegen den Zauber der Kirke und veranlaßt Kalypso im Auftrag des Zeus, ihm nach sieben Jahren auf Ogygia endlich zum Bau eines Floßes für die Heimfahrt zu verhelfen.

Kölnische Zeitung

27. Jahrgang 25. September 1871 Nr. 261

Vor kurzem ist es unserem Berichterstatter in Athen gelungen, mit dem vielbeschäftigten Archäologen Heinrich Schliemann ein Gespräch zu führen. Wir schätzen uns außerordentlich glücklich, unsere Leser mit dieser außergewöhnlichen Persönlichkeit bekannt machen zu dürfen.

Köln. Zeitung: Herr Dr. Schliemann, seit ungefähr einem Jahr führen Sie in Hisarlik Ausgrabungen durch. Können Sie uns sagen, wo dieser Ort liegt?

Schliemann: Dieser Ort liegt an der Nordwestspitze der Türkei; sein richtiger Name ist Troja.

Köln. Zeitung: Troja? Sie meinen das Troja, wo der Sage nach der Trojanische Krieg stattgefunden hat?

Schliemann: Ja, das Troja meine ich. Aber, Sie irren sich, wenn Sie Troja in das Reich der Sage verweisen. Ich weiß, daß es Troja gegeben hat und daß es dort liegt. Schließlich hat uns der große griechische Dichter Homer davon in seiner Ilias und Odyssee berichtet.

Köln. Zeitung: Sie glauben also, daß das, was Homer dort schildert, wahren Begebenheiten entspricht?

Schliemann: O ja, ich glaube Homer aufs Wort.

Köln. Zeitung: Seit wann haben Sie sich mit dem Gedanken getragen, Troja auszugraben?

Schliemann: Seit 1829, also seit meinem 7. Lebensjahr. Seit ich von meinem Vater die „Illustrierte Weltgeschichte" zu Weihnachten bekam. In diesem Buch fand ich ein Bild von dem brennenden Troja. Ich kann ohne Übertreibung sagen, daß dieser Tag der Wendepunkt in meinem Leben war. Von diesem Tag an wollte ich die versunkene Stadt ausgraben.

Köln. Zeitung: Jetzt aber schreiben wir das Jahr 1871, seit diesem Weihnachtsfest sind mehr als vierzig Jahre vergangen...

Schliemann: ...in denen ich nicht untätig war, das kann

ich Ihnen versichern. Ich habe in meinem Beruf als Kaufmann gearbeitet wie kein anderer, und wie Sie wissen, habe ich ein Vermögen gemacht, vor allem in Rußland, in St. Petersburg, und in Amerika, bei den Goldfunden in Kalifornien. Ohne dieses Vermögen wären diese Ausgrabungen ja gar nicht möglich.

Köln. Zeitung: Sie bezahlen alles aus eigener Tasche?

Schliemann: Alles. Ohne dieses Angebot hätte mir die türkische Regierung wohl nie die Ausgrabungsgenehmigung erteilt, was ohnehin schon schwierig genug war.

Köln. Zeitung: Herr Dr. Schliemann, wie haben Sie sich auf Ihre Arbeit als Archäologe vorbereitet?

Schliemann: Ich habe an der Sorbonne in Paris Philologie studiert und vor allem Griechisch gelernt.

Köln. Zeitung: Wann war das?

Schliemann: 1866, also vor fünf Jahren.

Köln. Zeitung: Es heißt, Sie beherrschen 15 Sprachen fließend.

Schliemann: Ja, das stimmt. Ich brauche im allgemeinen nicht mehr als sechs Wochen, um eine Sprache zu erlernen.

Köln. Zeitung: Sie sind nicht nur ein sehr sprachgewandter Mann, sondern auch ein sehr weitgereister.

Schliemann: Ich kann wohl sagen, daß ich die halbe Welt kenne, sogar China und Japan.

Köln. Zeitung: Dürfen wir Sie zum Schluß noch nach Ihren weiteren Plänen fragen?

Schliemann: Wenn ich mit den Ausgrabungen in Troja fertig bin und der Welt bewiesen habe, daß Troja tatsächlich existiert hat, werde ich sicherlich in Griechenland nach den Stätten einer versunkenen Zeit weitersuchen.

Köln. Zeitung: Herr Dr. Schliemann, wir wünschen Ihnen für die Zukunft alles Gute und viel Erfolg.

Heinrich Schliemann starb 1890. Er fand nicht nur die Goldschätze von Troja (die er dem Berliner Museum schenkte), sondern auch den reichen Goldschmuck der Königsgräber von Mykene (heute im Nationalmuseum von Athen).

Ausdrücke, die aus den beiden Epen des Homer stammen und heute noch im Sprachgebrauch sind

Eine **Odyssee**
nennt man eine sehr lange und hindernisreiche Reise in die Heimat, aber auch zu einem erstrebten Ziel.

Kassandra-Rufe oder **Das ist eine Kassandra!**
Damit meint man jemanden, der immer schwarz sieht. Kassandra-Rufe sagen Unglück voraus. Kassandra, die Tochter des Königs Priamos von Troja, lehnte die Liebe des Gottes Apollon ab und wurde von ihm mit der Sehergabe bestraft; zu dieser Strafe gehörte, daß niemand ihren Warnungen, die sich für Troja als nur zu wahr erweisen sollten, glaubte.

Achillesferse
ist der wunde Punkt, die Stelle, an der ein Mensch körperlich oder seelisch besonders verletzbar ist. Achillens' Mutter wollte ihn durch ein Bad im Flusse Styx unverwundbar machen; die Stelle aber, an der sie den Sohn hielt, war die Ferse, die daher nicht benetzt wurde; und an dieser Stelle traf ihn der tödliche Pfeil.

Ein **Nestor**
wird ein sehr alter und sehr weiser Mann genannt. Nestor von Pylos war der älteste Kämpfer der Griechen vor Troja, der immer um Rat gebeten wurde.

Eine **Sisyphusarbeit**
ist die scheinbar nie endende, immer wieder neu aufzunehmende Arbeit an einer Sache. Im Hades sieht Odysseus Sisyphus, der einen Felsblock einen Hügel hinaufstemmen will; kurz vor dem Gipfel des Hügels kollert der Block immer wieder abwärts.

Zwischen Skylla und Charybdis
befindet sich ein Mensch, der zwischen zwei Übeln eine Wahl treffen muß.

Eine **Stentorstimme**
ist eine ungewöhnlich laute Stimme, die Stentor, einer der griechischen Helden, besaß.

Becircen
Mit Absicht jemanden bezaubern. Die Zauberin Kirke verwandelt die von ihr entzückten Gefährten des Odysseus in Schweine. Odysseus selbst wird durch das Kraut Moly, das Hermes ihm gibt, vor der „Becircung“ bewahrt.

Tantalusqualen
leidet einer, der das Ersehnte ganz nahe sieht und doch nicht erreichen kann. Im Hades sieht Odysseus Tantalus, der durstig aus einem See zu trinken versucht; das Wasser aber weicht immer wieder vor seinen Lippen zurück.

Äolsharfe
auch Windharfe, Geisterharfe, ist ein Holzkörper, über den gleichgestimmte Saiten gespannt sind; sie steht im Freien, der Wind erzeugt die Musik. Aiolos ist der Hüter der Winde.

Sirenengesang, Sirenenklänge
Etwas Gefährliches, vor dem man sich schützen muß: Odysseus läßt sich an den Mast binden, um dem Lied der Sirenen widerstehen zu können, und verschließt die Ohren seiner Gefährten mit Wachs. Die Sirenen der Polizeiautos, der Notwagen und der Alarmgeräte zur Warnung vor Luftangriffen haben ihre Bezeichnung also direkt aus der ältesten Erzählung des Abendlandes.